Jennie Lucas

Un hombre atormentado

WITHDRAWN

HARLEQUIN™

Editado por HARLEQUIN IBÉRICA, S.A.
Núñez de Balboa, 56
28001 Madrid

© 2015 Jennie Lucas
© 2015 Harlequin Ibérica, S.A.
Un hombre atormentado, n.º 2388 - 20.5.15
Título original: Nine Months to Redeem Him
Publicada originalmente por Mills & Boon®, Ltd., Londres.

I.S.B.N.: 978-84-687-6138-1
Depósito legal: M-7967-2015
Impresión en CPI (Barcelona)
Fecha impresion para Argentina: 16.11.15
Distribuidor exclusivo para España: LOGISTA
Distribuidor para México: CODIPLYRSA
Distribuidores para Argentina: Interior, DGP, S.A. Alvarado 2118.
Cap. Fed./Buenos Aires y Gran Buenos Aires, VACCARO HNOS.

Prólogo

«ESTO es todo lo que puedo darte. Ni matrimonio ni hijos. Solo... esto». Y entonces me besó hasta robarme el aliento y hacerme temblar en sus brazos. «¿Estás de acuerdo?».

«Sí», susurré mientras rozaba sus labios con los míos. Ni siquiera sabía lo que estaba diciendo. No pensaba en la promesa que estaba haciendo ni en lo que podría costarme. Estaba perdida en el momento, en aquel placer que me envolvía como un remolino multicolor.

Nueve meses después, todo estaba a punto de cambiar.

Mientras subía la escalera de su mansión londinense, el corazón me golpeaba furiosamente el pecho. Un hijo... Me agarré a la barandilla de roble mientras mis temblorosos pasos resonaban en el pasillo. ¿Sería un niño con los ojos de Edward? ¿Una preciosa niña con su sonrisa? No pude evitar sonreír al pensar en el bebé que muy pronto tendría en mis brazos.

Pero entonces recordé mi promesa y apreté los puños. ¿Pensaría Edward que me había quedado embarazada a propósito y que lo había engañado para tener un hijo en contra de su voluntad?

No, no podía pensar eso. No podía... ¿O quizá sí? El pasillo del piso superior era frío y oscuro, como el corazón de Edward. Bajo su encanto y atractivo ocultaba un alma de hielo. Y yo siempre lo había sabido, por mucho que hubiera intentado ignorarlo.

Le había entregado mi cuerpo, lo que él quería, y mi corazón, lo que no quería. ¿Había cometido el mayor error de mi vida?

Tal vez Edward pudiera cambiar. Respiré profundamente. Si al enterarse de que iba a ser padre se creyera capaz de cambiar, de que pudiera querernos a mí y a nuestro hijo...

Llegué al dormitorio y abrí lentamente la puerta.

–Has tardado mucho –la voz de Edward se oyó grave y profunda desde las sombras–. Ven a la cama, Diana.

«Ven a la cama».

Apreté los puños a los costados y me adentré en la oscuridad.

Capítulo 1

Cuatro meses antes

Me estaba asfixiando. Después de pasarme horas en el asiento trasero del coche, con la calefacción al máximo mientras el chófer excedía los límites de velocidad a la menor ocasión, el aire estaba tan caldeado que apenas se podía respirar. Bajé la ventanilla para llenarme los pulmones de aire fresco y olor a lluvia.

–Va a pillar una pulmonía –dijo el conductor en tono severo. Eran las primeras palabras que pronunciaba desde que la había recogido en el aeropuerto de Heathrow.

–Necesitaba aire fresco –respondí a modo de disculpa.

Él soltó un bufido y murmuró algo entre dientes, y yo me giré hacia la ventanilla con una sonrisa. Las escarpadas colinas proyectaban una negra sombra sobre la solitaria carretera, rodeada por un páramo desolado y envuelto en una niebla espesa y húmeda. Cornwall era precioso, como un paisaje onírico. Me encontraba en el fin del mundo, que era justo lo que había querido.

A la luz del crepúsculo, la negra silueta de un peñasco se recortaba como un castillo fantasmal contra el sol que teñía el mar de rojo. Casi podía oír el entrechocar de las espadas y el fragor de lejanas batallas entre celtas y sajones.

–Penryth Hall, señorita –la áspera voz del conductor

apenas se oía por encima del viento y la lluvia–. Ahí delante.

¿Penryth Hall? Volví a mirar el lejano peñasco y comprobé que era en efecto un castillo, iluminado por algunas luces dispersas que se reflejaban en el mar escarlata.

A medida que nos acercábamos distinguí las murallas y almenas. Parecía deshabitado, o quizá poblado por vampiros y fantasmas. Por aquel sitio había dejado el sol y las rosas de California.

Parpadeé varias veces y me recosté en el asiento, intentando contener el temblor de mis manos. La lluvia camuflaba el olor de las hojas podridas, el pescado en descomposición y la sal del océano.

–Por amor de Dios, señorita, si ha ya tenido suficiente lluvia, voy a cerrar la ventanilla.

El chófer pulsó un botón y mi ventanilla se cerró, privándome del aire fresco. Con un nudo en la garganta, bajé la mirada al libro que seguía abierto en mi regazo. No se podía leer con tan poca luz, de modo que lo cerré y lo guardé en mi bolso. Ya lo había leído dos veces en el vuelo desde Los Ángeles.

Enfermería privada: cómo cuidar a un paciente en su casa sin perder la profesionalidad ni ceder a sus insinuaciones.

No se había publicado mucho sobre la atención terapéutica a un magnate viviendo en su residencia. Lo mejor que había podido encontrar era un libro ajado y descolorido publicado en 1959, o mejor dicho, una reedición de 1910. Pero seguro que podría servirme de algo.

Por vigésima vez pensé en cómo sería mi nuevo jefe. ¿Anciano y enclenque? ¿Y por qué quería precisamente mis servicios, si estaba a diez mil kilómetros de distancia? En la oficina de empleo de Los Ángeles me habían dado muy pocos detalles.

–Un magnate británico –me había dicho el entrevistador–. Herido en un accidente de coche hace dos meses. Apenas puede caminar. La quiere a usted.

–¿Por qué a mí? ¿Acaso me conoce? –me tembló la voz–. ¿O a mi hermanastra?

–La petición procede de una agencia londinense. Al parecer, no confía en los terapeutas de Inglaterra.

Solté una carcajada incrédula.

–¿En ninguno?

–Es toda la información que estoy autorizado a facilitarle, además de la cuestión salarial. El sueldo es muy elevado, pero tendrá que firmar un contrato de confidencialidad y vivir en su residencia de manera indefinida.

Tres semanas antes ni se me hubiera pasado por la cabeza aceptar un empleo como ese. Pero muchas cosas habían cambiado desde entonces. Todo en lo que siempre había confiado se caía a pedazos.

El Range Rover aceleró para cubrir el último tramo. Pasamos bajo una verja de hierro con forma de serpientes marinas y parras colgantes y el vehículo se detuvo en un patio. Altos muros de piedra gris cercaban el espacio bajo la pertinaz lluvia.

Me quedé sentada y aferrando el bolso en el regazo.

–«Mantén en todo momento una actitud deferente y servicial, aunque te traten como un felpudo» –me susurré a mí misma, citando a Warreldy-Gribbley, la autora del libro.

Podía hacerlo, desde luego que sí. ¿Qué dificultad había en guardar silencio y mantener una actitud respetuosa y sumisa?

La puerta del coche se abrió y apareció una mujer anciana con un gran paraguas.

—¿Señorita Maywood? Ha tardado mucho.

—Eh...

—Soy la señora MacWhirter, el ama de llaves —se presentó mientras dos hombres se ocupaban de mi equipaje—. Sígame, por favor.

—Gracias —bajé del coche y alcé la mirada al castillo recubierto de musgo. A primeros de noviembre y visto de cerca, Penryth Hall parecía un lugar encantado.

Me estremecí al sentir las gotas de lluvia deslizándose por mi pelo y la chaqueta. El ama de llaves movió el paraguas con el ceño fruncido.

—¿Señorita Maywood?

—Lo siento —eché a andar y le dediqué una tímida sonrisa—. Llámeme Diana, por favor.

—El amo lleva esperándola mucho tiempo —dijo ella sin devolverme la sonrisa.

—El amo... —repetí en tono burlón, pero al ver la adusta expresión de la anciana tosí para disimular—. Lo siento mucho. Mi vuelo se retrasó.

Ella sacudió la cabeza, como para dar a entender lo que pensaba de los horarios de las compañías aéreas.

—El señor St. Cyr quiere que vaya a su estudio inmediatamente.

—¿El señor St. Cyr? ¿Ese es el nombre del anciano caballero?

El ama de llaves abrió los ojos como platos al oír la palabra «anciano».

—Su nombre es Edward St. Cyr, sí —me miró como si fuera una idiota por no saber el nombre de la persona para la que iba a trabajar, y realmente así me sentía en aquellos momentos—. Por aquí.

La seguí, terriblemente cansada e irritada. «El amo», pensé con fastidio. ¿Qué era aquello, *Cumbres borrascosas*?

Entre las antiguas armaduras y tapices vi un ordenador portátil en una mesa. Había dejado a propósito mi teléfono y mi tableta en Beverly Hills, pero, al parecer, no podría escapar del todo. Una gota de sudor me resbaló por la frente. No cedería a la tentación de ver lo que estaban haciendo. No lo haría...

—Es aquí, señorita —la señora MacWhirter me hizo pasar a un estudio con muebles de madera oscura y una chimenea encendida. Me preparé para encontrarme con un caballero anciano, enfermizo y seguramente cascarrabias. Pero allí no había nadie. Fruncí el ceño y me giré hacia el ama de llaves.

—¿Dónde...?

La anciana se había marchado, dejándome sola en aquel estudio en penumbra. Estaba a punto de marcharme yo también cuando oí una voz que salía de la oscuridad.

—Acérquese.

Di un respingo y miré a mi alrededor. Un enorme perro pastor estaba sentado sobre una alfombra turca frente al fuego. Jadeaba ruidosamente e inclinó la cabeza hacia mí.

—¿Necesita una invitación por escrito, señorita Maywood? —preguntó la voz en tono mordaz. Casi hubiera preferido que fuese el perro el que hablara. Volví a mirar al derredor con un escalofrío—. He dicho que se acerque. Quiero verla.

Fue entonces cuando me di cuenta de que la voz grave y profunda no procedía de la tumba, sino del sillón de respaldo alto que había frente a la chimenea. Avancé hacia allí, le dediqué una débil sonrisa al perro, que batió ligeramente la cola, y me giré para encarar a mi nuevo jefe.

Y me quedé de piedra. Edward St. Cyr no era ni viejo ni enclenque. El hombre que estaba sentado en el sillón era arrebatadoramente atractivo y varonil. Su cuerpo estaba parcialmente inmovilizado, pero irradiaba una fuerza poderosa y temible, como un tigre enjaulado...

–Eres muy amable –dijo él con ironía.

–¿Es usted Edward St. Cyr? –susurré, incapaz de apartar la mirada–. ¿Mi nuevo jefe?

–Es obvio –respondió él fríamente.

Su rostro era de facciones duras y angulosas, con una recia mandíbula y una nariz aguileña ligeramente torcida, como si se la hubieran roto alguna vez. Sus hombros eran anchos y apenas cabían en el sillón. El brazo derecho le colgaba de un cabestrillo y la pierna izquierda descansaba en un taburete, rígida y extendida. Tenía aspecto de luchador, de portero de discoteca, incluso de ladrón.

Hasta que se lo miraba a los ojos, del color del océano bajo la luna, insondables y atormentados, reflejo de la angustia que encerraba su alma.

Su expresión se nubló en una mueca fría y sardónica, haciéndome dudar del atisbo de emoción que había visto arder en sus ojos azules. Y entonces me quedé boquiabierta.

–Esperé un momento –murmuré–. Yo lo conozco, ¿verdad?

–Nos vimos una vez, en la fiesta de su hermana, en junio –sus labios se curvaron–. Me complace que se acuerde.

–Madison es mi hermanastra –aclaré automáticamente mientras me acercaba al sillón–. Y usted fue muy grosero.

–Pero ¿me equivoqué?

Me ardieron las mejillas. Yo había estado trabajando como la nueva ayudante de Madison, por lo que estaba obligada a asistir a su glamurosa fiesta. Había un ejército de camareros y un DJ, y entre los invitados se contaban actores, directores y productores multimillonarios.

En circunstancias normales, no habría querido acudir. Pero en aquella ocasión deseaba llevar a mi nuevo novio. Estaba muy orgullosa de presentárselo a Madison. Hasta que los vi hablando en el salón y oí una voz con acento británico detrás de mí.

—Va a dejarte por ella.

Me giré y vi a un hombre atractivo con unos fríos ojos azules.

—¿Cómo dice?

—Os he visto llegar juntos a la fiesta. Solo intento ahorrarte la decepción —hizo un brindis burlón con su Martini—. Sabes que no puedes competir con ella.

Fue como si me clavaran un puñal en el corazón.

«Sabes que no puedes competir con ella». Mi hermanastra, un año menor que yo, atraía a los hombres como la miel a las abejas con su exuberante melena rubia y su despampanante belleza. Pero yo conocía la otra cara de la moneda y sabía que ni siquiera la mujer más hermosa del mundo tenía la felicidad garantizada.

Como tampoco la tenía la hermanastra fea.

—No sabe lo que está diciendo —le espeté al hombre, antes de girarme y marcharme.

Pero de algún modo sí que lo sabía, y más tarde las dudas me acosaron. ¿Cómo era posible que un desconocido en una fiesta hubiera visto la verdad inmediatamente y a mí me hubiera costado meses?

Cuando Madison le ofreció un papel a Jason en su próxima película, mi novio estuvo encantado. Los veía a diario en el rodaje en París, hasta que Madison me pidió que volviera a Los Ángeles para enseñar su casa de Hollywood a una revista y hablar de lo que era ser «la chica de al lado» teniendo a Madison Lowe como hermanastra, a un famoso productor como padrastro y a la estrella en ciernes Jason Black como novio. «Necesitamos la publicidad», decía.

Pero la periodista apenas me escuchaba mientras la paseaba por la lujosa mansión de Madison y le hablaba de mi hermanastra y de Jason. En un momento dado, se llevó la mano al auricular que llevaba en la oreja y soltó una fuerte carcajada antes de mirarme con un brillo malicioso en los ojos.

—Fascinante. Pero ¿le gustaría ver lo que esos dos han estado haciendo hoy en París?– y me mostró un vídeo de mi hermanastra y mi novio desnudos y borrachos bajo la torre Eiffel.

El vídeo causó furor en todo el mundo, junto a la imagen de mi cara de estúpida al verlo.

Durante tres semanas me encerré en la casa de mi padrastro, protegiéndome del acoso de los paparazzi y los periodistas que me gritaban preguntas como: «¿Era todo un montaje publicitario, Diana?». «¿Cómo se puede ser tan ciega y estúpida?».

Me fui a Cornwall para escapar de aquel infierno.

Pero Edward St. Cyr lo había sabido desde el principio. Había intentado avisarme, pero yo no le había hecho caso.

Lo miré y sentí un escalofrío por todo el cuerpo.

—¿Por eso me ha contratado? ¿Para regodearse?

—No.

—¿Sintió compasión por mí, tal vez?

—No se trata de ti –replicó él–. Se trata de mí. Necesito una buena fisioterapeuta. La mejor.

Sacudí la cabeza, confundida.

—Tiene que haber centenares, miles, de buenos profesionales en el Reino Unido.

—He despedido a cuatro. La primera era una inútil y se marchó cuando intenté hacerle un poco de crítica constructiva.

—¿Constructiva?

—La segunda era igual de inútil y la despedí al segundo

día, cuando la sorprendí al teléfono intentando venderle mi historia a la prensa.

–¿Qué le interesa su historia a la prensa? ¿No fue un accidente de coche?

Él apretó los labios.

–La prensa no conoce los detalles y así quiero que siga siendo.

–Tiene suerte –dije yo, pensando en mi suplicio mediático.

–Tal vez –se miró el brazo y la pierna–. Puedo caminar, pero solo con un bastón. Por eso te he hecho venir.

–¿Qué pasó con las otras dos?

–¿Las otras dos qué?

–Ha dicho que contrató a cuatro fisioterapeutas.

–Ah, sí. La tercera era peor que un sargento de marina. Solo de mirarla se me quitaban las ganas de vivir.

Me miré discretamente la chaqueta de algodón mojada, los zuecos de enfermera y los pantalones caquis, holgados y arrugados tras el vuelo nocturno, y me pregunté si también yo le estaría quitando las ganas de vivir.

–¿Y la cuarta?

–Pues... –esbozó una media sonrisa–, una noche tomamos más vino de la cuenta y acabamos en la cama.

–¿La despidió por acostarse con usted? Debería darle vergüenza.

–No tenía elección –dijo él, irritado–. De la noche a la mañana pasó de ser una respetable fisioterapeuta a estar obsesionada conmigo y el matrimonio. Llenaba los informes médicos de flores y corazones con nuestras iniciales –bufó–. Por favor...

–Qué mala suerte –ironicé yo–. O no. Quizá seas tú el que tiene un problema.

–No tengo ningún problema ahora que estás aquí.

Me crucé de brazos.

–Sigo sin entenderlo. ¿Por qué yo? Solo nos hemos visto una vez, y por aquel entonces yo había abandonado la fisioterapia.

–Lo sé, para ser la ayudante de Madison Lowe. Una extraña elección, si me permites decirlo. Pasar de ser una fisioterapeuta de primera categoría a ir a buscarle los cafés a tu hermanastra.

–¿Quién ha dicho que fuera de primera categoría?

–Grandes deportistas y consumados mujeriegos. Supongo que alguno de ellos te animó a que dejaras tu carrera para ser la ayudante de una estrella mimada.

–Todos mis pacientes fueron escrupulosamente profesionales –protesté yo–. Si elegí dejar la fisioterapia fue por... otros motivos –desvié la mirada.

–Vamos, a mí puedes contármelo. ¿Cuál de ellos se propasó contigo?

–Ninguno.

–Sabía que dirías eso –arqueó una ceja–. Es la otra razón por la que te quiero a ti, Diana. Tu discreción.

Que me llamara por mi nombre de pila y que dijera que me quería a mí me hizo sentir una extraña oleada de calor.

–Si alguno de ellos hubiera abusado de mí, te aseguro que no lo habría mantenido en secreto.

Él hizo un gesto de incredulidad con la mano.

–También fuiste traicionada por tu novio y tu hermanastra. Podrías haber vendido la exclusiva para vengarte y haber ganado un montón de dinero, y, sin embargo, no dijiste ni una palabra. Eso se llama lealtad.

–Se llama estupidez –murmuré.

–No –me miró fijamente, como si fuera una especie de heroína–. Estabas en la cima de tu carrera y de repente decidiste abandonar. Fue por algo que hizo un paciente tuyo, ¿verdad? Me pregunto cuál de...

–¡Por el amor de Dios! –exploté–. Ninguno de ellos hizo nada. Todos son inocentes. ¡Dejé la fisioterapia para convertirme en actriz!

Las palabras resonaron en el estudio a oscuras y deseé que me tragara la tierra. Hasta el crepitar de las llamas parecía reírse de mí.

Pero Edward St. Cyr no se reía.

–¿Qué edad tienes, señorita Maywood?

–Veintiocho años –respondí, sintiendo que me ardían las mejillas.

–Demasiado mayor para iniciar una carrera de actriz.

–He soñado con actuar desde que tenía doce años.

–¿Y por qué no empezaste antes? ¿Por qué esperar tanto tiempo?

–Iba a hacerlo, pero no fue posible.

Él se echó a reír.

–¿No se dedica toda tu familia al cine?

–Me gustaba la fisioterapia –me defendí–. Ayudar a las personas a recuperarse.

–¿Y por qué no te hiciste médico?

–Nadie se muere con la fisioterapia –se me quebró la voz ligeramente–. Tomé la opción que me pareció más sensata y con ella me gané la vida, pero después de tantos años...

–¿Seguías teniendo una espina clavada?

Asentí.

–Dejé mi trabajo para intentar ser actriz, pero no fue tan emocionante como creía. Durante varias semanas fui a pruebas y castings, hasta que al final me cansé y me convertí en la ayudante de Madison.

–¿Era el sueño de tu vida y solo lo intentaste durante unas cuantas semanas?

–Era un sueño ridículo –murmuré, esperando que él

dijera algo como «no hay sueños ridículos» o cualquier otro comentario alentador. Hasta Madison lo había hecho.

—Seguramente fue lo mejor –dijo él.

—¿Cómo?

—O no lo deseabas lo suficiente o fuiste demasiado cobarde para intentarlo. En cualquier caso, estabas destinada a fracasar, así que mejor aceptarlo y abandonar cuanto antes. Ahora puedes volver a ser útil... ayudándome.

Lo miré, boquiabierta e indignada.

—Podría haber tenido éxito. ¿Cómo puedes decir que...?

—¿Esperaste toda tu vida para intentarlo y luego te rendiste a los diez minutos? Vamos... Te estás engañando a ti misma. Ese no era tu sueño.

—Puede que sí.

—Entonces, ¿qué haces aquí? –arqueó una ceja–. ¿Quieres intentarlo otra vez? En Londres no te faltarán oportunidades. Te compraré el billete de tren. Qué demonios, te mandaré de vuelta a Hollywood en mi avión privado. Demuéstrame que estoy equivocado, Diana –ladeó la cabeza y me miró con expresión desafiante–. Vuelve a intentarlo.

La sangre me hervía en las venas. Odiaba a aquel hombre por provocarme, y mi primer impulso fue darme media vuelta y abandonar el castillo con la cabeza muy alta. Pero entonces pensé en las pruebas y en los fríos ojos de los directores al rechazarme: demasiado mayor, demasiado joven, demasiado delgada, demasiado gorda, demasiado bonita, demasiado fea. Demasiado inútil. Yo no era Madison Lowe.

Se me cayó el alma a los pies.

—Lo suponía –dijo Edward–. No tienes trabajo y necesitas uno. Perfecto. Me gustaría contratarte.

–¿Por qué a mí? –apenas podía hablar por el nudo de la garganta–. Sigo sin entenderlo.

–¿De verdad no lo entiendes? –preguntó él, sorprendido–. Eres la mejor en lo que haces, Diana. Competente, digna de confianza, hermosa...

–¿Hermosa? –repetí, pensando que me tomaba el pelo.

–Muy hermosa –me sostuvo la mirada a la luz de las llamas–. A pesar de esa ropa tan horrible.

–¡Eh! –protesté débilmente.

–Pero tienes otras cualidades mucho más necesarias que la belleza. Habilidad, paciencia, discreción, inteligencia, lealtad y entrega.

–Parece que le estuvieras hablando a... –señalé al perro, que levantó la cabeza y me miró interrogativamente.

–¿A Caesar? Sí, eso es exactamente lo que quiero. Me alegra que lo entiendas –al oír su nombre, el perro nos miró a los dos y agitó la cola. Lo rasqué detrás de las orejas y me giré de nuevo hacia su amo.

Era el amo del perro, no el mío.

–Lo siento –sacudí la cabeza con vehemencia–. No voy a trabajar para un hombre que pretende tratar a una fisioterapeuta como si fuera su perro.

–Caesar es un buen perro –repuso él–. Pero vamos a ser sinceros, ¿de acuerdo? Los dos sabemos que no vas a volver a California. Quieres alejarte de todo y de todos. Aquí nadie te molestará.

–Solo tú.

–Solo yo. Pero es muy fácil llevarse bien conmigo...

Solté un bufido de incredulidad.

–... y dentro de unos meses, cuando pueda volver a correr, quizá hayas descubierto lo que quieres hacer realmente con tu vida. Podrás marcharte de aquí con el dinero necesario para hacer lo que quieras. Volver a la universidad, montar tu propia consulta, incluso probar de nuevo en el cine –meneó la cabeza–. Lo que sea. A mí me da igual.

–Quieres que me quede.

–Sí.

–Empiezo a pensar que haría mejor en alejarme de todo el mundo.

Sus ojos brillaron en la penumbra.

–Lo entiendo. Mejor de lo que crees.

Intenté sonreír.

–Dudo que un hombre como tú pase mucho tiempo solo.

–Hay muchas clases de soledad –apartó brevemente la mirada y apretó la mandíbula–. Quédate. Podemos estar solos los dos juntos y ayudarnos el uno al otro.

La oferta era tentadora, y realmente no tenía alternativa. Pero...

Me lamí los labios y me acerqué a él.

–Háblame más de tu lesión.

Su atractivo rostro se endureció.

–¿No te lo explicó la agencia? Fue un accidente de coche en España.

–Me dijeron que te habías roto el tobillo izquierdo, el brazo derecho y dos costillas –le recorrió lentamente el cuerpo con la mirada–. Que te dislocaste el hombro y que volviste a dislocártelo al estar otra vez en casa. ¿Fue por la fisioterapia?

–Estaba aburrido y fui a nadar al mar.

–¿Estás loco? Te podrías haber ahogado.

–He dicho que estaba aburrido. Y seguramente un poco borracho.

–Definitivamente, estás loco. No me extraña que tuvieras un accidente de coche. A ver si lo adivino. Estabas participando en una carrera ilegal, como en las películas.

El aire del estudio se enfrió.

–Has acertado –dijo él con voz gélida–. Me salí de la carretera y di cuatro vueltas de campana, exactamente como en una película. Para completar la espectacular escena, al malo se lo llevan en camilla y todos lo celebran con gritos y vítores.

Su simpatía se había esfumado de repente, sin que yo comprendiera el motivo.

–¿Qué pasó realmente? –me atreví a preguntar–. ¿Qué provocó el accidente?

–Quería a una mujer –declaró él secamente, desviando la mirada hacia la ventana. Era de vidrio emplomado y parecía muy antigua. Los últimos rayos de sol se extinguían en el horizonte–. Es un tema que me aburre. ¿Qué tal si ambos nos olvidamos del pasado?

–De acuerdo –era la mejor propuesta que había oído hasta entonces.

–En cualquier caso, Jason Black debe de ser un idiota integral –murmuró él.

El recuerdo de los ojos de Jason, su encantadora sonrisa y su sensual acento texano me atravesó como una espada.

–No es verdad.

–Qué fidelidad –dijo él con un suspiro–. Incluso después de haberse acostado con tu hermanastra. Eso sí que es lealtad y devoción –miró a su perro antes de volver a mirarme a mí. Yo fruncí el ceño.

–¿Cómo sé que no me despedirás mañana como a las otras?

–Te daré mi palabra si tú me das la tuya.

Nuestras miradas se sostuvieron a la luz del fuego, y sus penetrantes ojos azules me provocaron un extraño escalofrío. Bajé involuntariamente la mirada a su boca. Sus labios eran sensuales, tentadores y crueles. Y que yo me hubiera fijado en sus labios no era una buena señal. Warreldy-Gribbley lo dejaba muy claro en el capítulo sexto de su libro:

Compórtate en todo momento como una profesional. Guarda siempre las distancias emocionales cuando estéis cerca, sobre todo si es joven y guapo. Mantén un contacto impersonal y una voz fría. Piensa en él como en un paciente, un saco de huesos, fibra y músculo, no como en un hombre.

—No estará intentando seducirme, ¿verdad, señor St. Cyr? —le pregunté con la voz más fría que pude.

—Llámame Edward —dijo él con un brillo en los ojos—. Y no, no estoy intentando seducirte, Diana —mi nombre sonó como una música sensual en sus labios—. Lo que quiero de ti es mucho más importante que el sexo.

Por supuesto. ¿Cómo había podido ser tan ingenua como para pensar que un hombre guapo y rico como Edward St. Cyr se fijaría en una chica como yo?

—Necesito que me cures, siempre que no esté trabajando. Aunque lleve doce horas al día.

—¿Doce? La fisioterapia no funciona así. Trabajaremos juntos una hora al día, tres como máximo... ¿A qué te dedicas, por cierto?

—Soy director de una empresa financiera internacional con sede en Londres. Actualmente estoy de baja, pero tengo que ocuparme de muchas cosas. Por eso necesitaré que estés disponible a cualquier hora, día y noche, sin previo aviso.

Un silencio sepulcral siguió a sus palabras, tan solo roto por el crepitar de la chimenea. Caesar bostezó.

—¿Quieres decir que tendré que estar a tu entera disposición durante varios meses, como una esclava, sin vida propia?

—Sí.

Teniendo en cuenta mi situación, quizá no fuera tan disparatado. Me fijé en su pierna, apoyada en el taburete.

—¿Tirarás la toalla cuando las cosas se pongan difíciles?

Él se puso rígido, apoyó el pie en el suelo y se levantó lentamente ayudándose con una mano en el respaldo del sillón. Tuve que echar la cabeza hacia atrás para mirarlo a los ojos, al ser mucho más alto que yo.

—¿Y tú?

Negué con la cabeza y desvié la mirada.

—Siempre que no intentes coquetear conmigo.

—No tienes nada que temer. No me gustan las jóvenes vírgenes, idealistas y mojigatas.

—¿Cómo sabes que...?

—Conozco a las mujeres —me miró con ojos burlones y un atisbo de sonrisa—. Lo mío son las aventuras de una noche o de fin de semana. Sexo sin complicaciones.

—Lo habrás pasado muy mal desde tu accidente...

—Anoche estuve con una mujer. Una modelo de lencería francesa que vino a verme desde Londres. Compartimos una botella de vino y... ¿Se está escandalizando, señorita Maywood? Sabía que eras virgen, pero esperaba que al menos tuvieras algo de experiencia. ¿Tengo que explicarte cómo funciona?

Mi cara debía de estar tan roja como un tomate.

—Me sorprende, eso es todo. Con tus lesiones...

—No es difícil. Se sentó encima de mí y yo ni siquiera tuve que moverme del sillón. Puedo hacerte un dibujo, si quieres.

—No, no —respondí. Estaba tan cerca que casi podía sentir su calor y virilidad. Él tenía razón. Yo no tenía experiencia, pero hasta una virgen idealista podía ver que Edward St. Cyr era el tipo de hombre que te rompía el corazón sin el menor escrúpulo. Astuto y cruel, como un gato jugando con un ratón.

–¿Estás de acuerdo con las condiciones?

Asentí, dubitativa. Él agarró mi mano y yo ahogué un gemido al sentir el calor y la aspereza de su palma.

–Bien –dijo él. El aliento le olía a licor y tenía los ojos inyectados en sangre. Por primera vez me di cuenta de que estaba ligeramente bebido.

Había una botella de whisky medio vacía y un vaso en la mesa situada junto al sillón. Me solté de su mano y agarré las dos cosas.

–Pero, si voy a quedarme y a estar disponible para ti a cualquier hora del día, tú también vas a tener que comprometerte. Se acabó la bebida.

–Es terapéutico.

–Nada de drogas de ningún tipo, salvo el café por la mañana, y solo si eres amable conmigo. Se acabaron también las noches de sexo con modelos de lencería.

–Muy bien –aceptó él con una sonrisa.

–¡Ni con nadie más! –añadí en tono cortante.

Él frunció el ceño como un crío enfurruñado.

–¿Con qué voy a jugar si me quitas todos mis juguetes, Diana? –me recorrió de arriba abajo con una mirada tan descarada que volvieron a arderme las mejillas.

–Tendrás que trabajar duro.

Se echó hacia atrás con una fría expresión en el rostro.

–Aún deseas a Jason Black –la crueldad de sus palabras me golpeó como un puño. Ahogué un gemido y me giré hacia la ventana. Fuera estaba oscuro y podía ver mi reflejo en el cristal, recortado contra el resplandor anaranjado de la chimenea.

–Sí –confesé en voz baja.

–Lo quieres –dijo en tono burlón, y a mí se me cerró la garganta al imaginarme a Madison y a Jason haciendo el amor en aquellos momentos, en una suite de lujo en París.

–No quiero sentir nada por él.

–Pero no puedes evitarlo –replicó en tono desdeñoso–. Seguramente también habrás perdonado a tu hermanastra.

–Los quiero –me sentía como una estúpida por querer a unas personas que no me correspondían de igual manera–. No... no se puede elegir a quién amar –me temblaban los labios.

–Por Dios... Mírate. Después de todo lo que ha pasado eres incapaz de odiarlos. Qué mujer.

El viento aullaba en el exterior, estremeciendo los cristales emplomados.

–Te equivocas –dijo él–. Se puede elegir a quién amar.

–¿Cómo?

–No amando a nadie.

Al oír aquellas palabras, estremecedoramente cínicas, me fijé en su recio mentón, sus fríos ojos azules y su cuerpo, fuerte pero impedido. Edward St. Cyr era el amo de Penryth Hall, rico y poderoso, pero arrastraba otras heridas que no se veían a simple vista.

–También a ti te han roto el corazón –susurré, buscando su mirada–. ¿Verdad?

Su mirada me abrasó la piel. Dio un paso hacia mí, dominándome con su imponente estatura.

–Quizá sea esa la verdadera razón por la que te quiero aquí. Quizá seamos espíritus afines, y quizá podamos... –me apartó un mechón de pelo de la cara– curarnos el uno al otro en todos los aspectos.

Se pegó a mí. Sentí el calor de su aliento y se me desbocó el corazón. Empezó a inclinar la cabeza...

Y entonces vi la mueca sarcástica de sus labios.

–Para –le puse las manos en el pecho, duro y cálido a través de la camisa, y él dio un paso atrás, riéndose.

–¿Demasiado pronto, tal vez?

–Eres un cerdo.

Él hizo un gesto de indiferencia con su hombro sano.

–Tenía que intentarlo. Pareces tan ingenua que te creerías cualquier cosa que un hombre te dijera. Es increíble que sigas siendo virgen.

La indignación volvió a apoderarse de mí.

–Primero dices estar desesperado por curarte...

–Yo nunca he usado la palabra «desesperado».

–Y luego despides a una fisioterapeuta detrás de otra, pierdes el tiempo emborrachándote con modelos...

–Y acostándome con ellas –añadió él.

Alcé el mentón y entorné la mirada.

–No creo que quieras curarte.

Su expresión se endureció.

–Necesito una fisioterapeuta, señorita Maywood, no una psiquiatra. No me conoces. No sabes nada de mí.

–Sé que he recorrido un largo camino para llegar hasta aquí y que no quiero malgastar mi tiempo. Si no tienes intención de ponerte mejor, dímelo ahora.

–¿O qué? ¿Vas a volver a casa para sufrir la humillación y el acoso de la prensa?

–¡Mejor eso que aguantar a un paciente que culpa a los demás de su apatía y sus inseguridades!

–¿Cómo te atreves a decirme eso a la cara?

–¡No te tengo miedo!

–Deberías tenérmelo –se recostó pesadamente en el sillón y miró el fuego. El perro levantó la cabeza y meneó la cola.

–¿Es eso lo que quieres? –pregunté amablemente, acercándome–. ¿Que la gente te tenga miedo?

El resplandor de las llamas proyectaba sombras danzantes en los libros de las estanterías.

–Así es todo más fácil. ¿Y por qué no deberían tenerme miedo? –me clavó la mirada de sus ojos azules–. ¿Por qué no deberías temerme tú?

Edward St. Cyr tenía un aspecto atractivo y sofisticado, pero bajo la serena fachada se adivinaba un abismo más profundo de lo que podía imaginar. A pesar de mis valientes palabras, sentí un escalofrío y me pregunté dónde me había metido realmente.

–¿Por qué debería tenerte miedo? –solté una risa forzada–. ¿Tan oscura es tu alma?

–Amaba a una mujer –dijo en voz baja, sin mirarme–. Tanto que intenté arrancarla de su marido y de su hijo. Por eso tuve el accidente –apretó los labios–. Su marido me lo impidió.

–Por eso no querías que la agencia me diera detalles –dije yo lentamente–, ni siquiera tu nombre. Temías que si supiera más sobre ti no viniera, ¿verdad?

Él endureció la mandíbula.

–¿Alguien resultó herido? –le pregunté.

–Solo yo.

–¿Y qué pasó después?

–Los dejé en paz para que fueran felices. He descubierto que el amor, al igual que los sueños, reporta más sufrimiento que placer –se giró hacia mí con expresión sombría–. ¿Quieres conocer los rincones más oscuros de mi alma? –torció el gesto–. Tú, que solo eres inocencia y candor.

Fruncí el ceño.

–Soy mucho más que eso –de repente recordé mi poder, recordé todo lo que era capaz de hacer, y el miedo desapareció–. Puedo ayudarte. Pero tienes que prometerme que harás todo lo que te diga. Todo. Ejercicio, dieta, reposo... –arqueé una ceja–. ¿Crees que podrás conmigo?

–¿Y tú crees que podrás conmigo? –replicó él con ironía–. Ninguna fisioterapeuta ha podido hasta ahora. ¿Qué te hace pensar que tú...? –frunció el ceño–. ¿Por qué sonríes? Deberías tener miedo.

Estaba sonriendo. Por primera vez en tres semanas

tenía un propósito. Aquel magnate arrogante y preten-
cioso no sabía con quién estaba tratando. Tal vez mi
vida privada fuese un desastre, pero como profesional
podía ser tan implacable e inflexible como el multimillonario más soberbio de la tierra.

—Eres tú quien debería tener miedo.

—¿De ti? —preguntó con desdén—. ¿Por qué?

—Me has pedido mi dedicación total y exclusiva.

—¿Y?

Sonreí aún más.

—Pues vas a tenerla.

Capítulo 2

¿A ESTO lo llamas una sesión de ejercicio? –preguntó Edward a la mañana siguiente.

Le dediqué una sonrisa serena.

–Solo eran unas pruebas. Todavía no hemos empezado.

Estábamos en la vieja casa del jardinero, recientemente reconvertido en un gimnasio de rehabilitación con todo tipo de aparatos, bancos de pesas, alfombras de yoga y una camilla de masajes. Edward tenía los brazos levantados sobre la cabeza.

–Muy bien –dije, cuadrando los hombros–. Vamos allá.

Lo sometí a una exhaustiva sesión de estiramientos, levantamiento de pequeñas pesas, equilibrio y marcha, y luego lo llevé al pueblo más próximo para que nadara en la piscina. Estuve a punto de hacerle hincar la rodilla, tanto en sentido literal como figurado. Creo que lo sorprendí al llevarlo al límite de sus fuerzas.

–¿Listo para dejarlo por hoy? –le pregunté, regodeándome al verlo jadeando y empapado de sudor.

Fue su turno para sorprenderme.

–¿Estás de broma? ¿Cuándo comienza el verdadero ejercicio?

En ningún momento admitió debilidad ni cansancio, y solo sus dedos agarrotados y la palidez de su rostro me revelaron su verdadero estado al final de la jornada.

Al día siguiente estaba convencida de que las aguje-

tas lo llevarían a inventarse cualquier excusa para quedarse en su estudio con bolsas de hielo en sus doloridos
músculos. Pero, cuando le dije que se encontrara conmigo en el gimnasio después del desayuno, no protestó
ni se lamentó. Y allí lo encontré, levantando más peso
del que debería.

–Llegas tarde –me dijo, muy satisfecho consigo
mismo, y la segunda jornada transcurrió igual que la
primera, con la única diferencia de que Edward parecía
ir un paso por delante.

De modo que al tercer día, decidida a recuperar el
control, desayuné temprano y bajé al gimnasio a las
nueve. Me llevé una gran satisfacción al ver su expresión de asombro cuando llegó cinco minutos más tarde.

Al cuarto día lo encontré haciendo estiramientos
cuando llegué a las nueve menos cuarto.

Así se estableció nuestra rutina.

Cuando Edward no estaba trabajando en el estudio,
en el ordenador o hablando a horas intempestivas con
Londres, Nueva York, Hong Kong y Tokio, exigía mi
atención exclusiva y yo se la daba. Era un duelo de vo-
luntades, cada uno intentando demostrar que era más
duro que el otro.

Y, al cabo de dos meses trabajando juntos, habíamos
llegado a ese punto.

Un día me desperté a las cinco de la mañana, acurrucada en la oscuridad, cuando cualquier persona sensata se habría quedado durmiendo unas cuantas horas
más. Me había despertado Caesar, al entrar en mi habitación y subirse a los pies de mi cama. El perro se había
convertido en mi despertador particular, porque solo iba
a visitarme cuando Edward estaba fuera.

Al despertarme, supe que la batalla del día ya estaba
medio perdida.

La nieve caía suavemente mientras corría hacia la

casa del jardinero. Aún estaba oscuro, como no podía ser de otro modo a las cinco de la mañana en pleno mes de diciembre.

¿Y yo había pensado que podía poner a Edward St. Cyr de rodillas?

Había trabajado con jugadores de fútbol, dobles de acción y poderosos empresarios, y creía estar preparada para cualquier macho altanero y dominante.

Pero Edward era más duro que cualquier otro hombre que hubiera conocido.

Recorrí el sendero a oscuras y temblando de frío, y al abrir la puerta vi que, efectivamente, Edward ya estaba allí. Vestido con una camiseta y unos pantalones cortos, se inclinaba sobre la alfombrilla en la postura del perro boca abajo. Mis ojos se posaron involuntariamente en su musculoso trasero, elevado en el aire.

—Buenos días.

Edward se irguió y me miró con expresión divertida, haciendo que me pusiera colorada.

—Te gusta remolonear en la cama, ¿eh?

—No he estado remoloneando —protesté—. ¡Ni siquiera ha amanecido!

—Si las cinco de la mañana es demasiado temprano para ti, solo tienes que decirlo.

—Claro que no. Estoy encantada de empezar a esta hora —me juré que al día siguiente estaría lista a las cuatro. Incluso acaricié la idea de dormir en el gimnasio en vez de hacerlo en la bonita cama de columnas.

Edward me miró con una paciencia infinita.

—Cuando estés lista...

Enfurecida, me dirigí hacia el armario y saqué una escalerilla y unas bandas elásticas. Las bandas se engancharon y tiré con más fuerza.

—Deberías hacer un poco de yoga —comentó él—. Es muy relajante.

Lo miré con el ceño fruncido.

—Empecemos.

Supervisé sus estiramientos y lo ayudé a girar el pie, el brazo y el hombro, antes de pasar a las sentadillas en el escalón. Siguieron treinta minutos en la bicicleta estática, más estiramientos con las bandas elásticas, caminar en la cinta y levantamiento de peso. Lo ayudé a estirar y a fortalecer sus músculos, deteniéndolo antes de que se hiciera daño o volviera a dislocarse el hombro. Pero era una batalla constante entre nosotros. Edward trabajaba como un poseso.

Después de dos meses ya no usaba el cabestrillo. De hecho, parecía un hombre poderoso y varonil sin el menor indicio de lesiones.

«No te fijes, maldita sea».

En cierto modo, nos habíamos hecho casi amigos. Durante las horas de terapia hablábamos mucho, tanto para romper el silencio como para demostrarnos que a ninguno le faltaba el aliento. Así descubrí que su empresa, St. Cyr Global, valía una fortuna y que la había fundado su bisabuelo, pasándose de padre a hijo hasta que Edward se hizo cargo de ella con veintidós años, tras la muerte de su padre. Había intentado explicarme a qué se dedicaba exactamente, pero palabras como «mercado de derivados» e «intercambio de deuda» no tenían ningún sentido para mí. Era mucho más interesante oírlo hablar de su primo Rupert, su rival en la empresa, a quien odiaba acérrimamente.

—Por eso necesito recuperarme cuanto antes —añadió—. Para poder destrozarlo.

Me pareció una manera muy extraña de tratar a la familia. Cuando tenía diez años perdí a mi padre, al que adoraba. Un año después, mi madre se casó con Howard Lowe, un productor divorciado con una hija un año más pequeña que yo. La extravagante personalidad de Howard fue un cambio drástico respecto a la de mi padre, un tranquilo profesor y ratón de biblioteca, pero aun así fuimos todos felices. Hasta que mi madre enfermó gravemente cuando yo tenía diecisiete años. Después de aquello me di cuenta de que quería dedicarme a ayudar a las personas.

—¿Nunca has perdido a un paciente? —me preguntó Edward en tono burlón.

—Quizá seas tú el primero, si no dejas de añadir peso a la barra.

Pero había temas que evitábamos con mucho cuidado. Nunca hablaba de Madison, ni de Jason ni de mi frustrada carrera como actriz. Nunca hablábamos del accidente de Edward en España ni de la mujer a la que amaba y a la que había intentado secuestrar. Limitábamos la conversación a charlas amenas e intrascendentales, como un par de buenos colegas, o incluso amigos.

Pero entonces, ¿por qué mi cuerpo se empeñaba en verlo, no como un paciente, ni siquiera como un amigo... sino como un hombre?

Bajo la rivalidad y las bromas sentía cómo me miraba. Intenté no tomármelo como algo personal. Al fin y al cabo, yo lo había privado de sus placeres sexuales, que era como negarle las gacelas a un león. Estaba hambriento y yo me encontraba a su alcance. No podía evitar mirarme como a una posible presa, pero yo no estaba dispuesta a dejarme cazar.

Y así seguí convenciéndome a mí misma mientras trabajábamos juntos en silencio, hasta que el sol empezó a despuntar en el horizonte y su estómago se puso a rugir.

—¿Tienes hambre? —le pregunté con regocijo.

Él se enderezó y clavó la mirada en mí.

—Sabes muy bien que sí.

Me giré rápidamente, intentando ignorar los frenéticos latidos de mi corazón. ¿Qué decía Warreldy-Grib- bley para situaciones como esa? Me miré el reloj y adopté un tono frío y profesional.

—Es la hora del desayuno.

Pero no podía dejar de mirarlo disimuladamente mien- tras volvíamos a la casa. Edward era arrebatadoramente atractivo, varonil y peligroso. Todo lo que Jason no era.

«Cuidado con lo que piensas», me advertí. Pero se- guí estremeciéndome mientras atravesábamos el jardín nevado bajo un cielo matinal de color violáceo.

Un desayuno inglés preparado por la señora Mac- Whirter nos esperaba en el comedor medieval. Al sen- tarme junto a Edward en el extremo de la larga mesa, me fijé en sus manos mientras servía el té en la taza de porcelana y el beicon, los huevos y las tostadas. Lo vi llevarse el tenedor a la boca y deseé ser yo beicon y sen- tir su aliento y su lengua.

Me reprendí mentalmente por ser tan tonta y eché abundante leche y azúcar en mi café.

Pero no podía evitar que mis ojos recorrieran el ros- tro y el cuerpo de mi atractivo y taciturno jefe. Durante las últimas semanas me había fijado en todos sus ras- gos, desde su recia mandíbula, a menudo oscurecida con una barba incipiente, hasta la curva de sus sensuales la- bios. En su pícara sonrisa. En sus grandes manos. En los músculos del cuello. En sus poderosos brazos, sal- picados de vello oscuro. Y en sus ojos. Cuando nuestras miradas se encontraban me quedaba como hipnotizada, incapaz de apartar la vista.

Sentada a su lado, sentía todos sus movimientos como una vibración que el aire amplificaba y que me sacudía con la fuerza de un terremoto.

Desesperada por encontrar una distracción, agarré el periódico de Londres que él acababa de leer. Edward levantó la mirada con el ceño fruncido.

–Espera...

La advertencia llegó demasiado tarde. Abrí la página y vi una foto de Madison sobre una alfombra roja, sonriente y deslumbrante con un vestido de lentejuelas mientras acudía al estreno de su última película en Leicester Square. Junto a ella, un poco por detrás y vestido con un esmoquin, estaba Jason.

–Oh –solté un gemido que sonó como un resoplido ahogado.

Algo me agarró de la mano. Parpadeé con fuerza y vi que era la mano de Edward. ¿Estaba intentando consolarme?

Me la soltó con brusquedad y miró la foto con una ceja arqueada.

–Parece un pato almidonado. O un perrito faldero de la mano de su ama.

–Te equivocas –dije yo inconscientemente, pero al mirar con más atención vi que Edward tenía razón: Jason parecía un accesorio más que un hombre, dejando que Madison lo arrastrara tras ella.

–Y esa sonrisa llena de dientes –continuó Edward–. ¿Cuánto pagó por su dentadura?

–¡Su sonrisa es preciosa! –protesté.

–Tanto blanco hace daño a la vista –se cubrió los ojos un momento–. Nunca había visto nada tan falso.

–¡Cállate!

–Ah, sí. Había olvidado que es el hombre de tus sueños –se recostó en la silla y tomó un sorbo de té–. Mira adónde te ha llevado el amor.

Por milésima vez pensé en la mujer que le había roto el corazón en España. ¿Qué había tenido de especial para que Edward perdiera la cabeza por ella e intentara secuestrarla? Volví a mirar la foto de mi hermanastra y Jason, sonriéndoles a la cámara.

«Mira adónde te ha llevado el amor».

–Volvamos al trabajo –dije con firmeza–. A menos que necesites descansar más...

La taza de Edward se posó ruidosamente en el platillo.

–Estoy listo desde hace diez minutos –sus ojos brillaban–. Te estaba esperando a ti.

Una hora más tarde, estaba caminando sobre la cinta a poca velocidad.

–Esto es muy aburrido –se quejó.

–Así está bien –insistí yo.

–Si sigo así me voy a dormir –aumentó la velocidad de la cinta.

–¡No! –exclamé, pero él la aumentó aún más–. ¡Te vas a matar! –se me abrieron los ojos como platos al observar a aquel hombre que a principios de noviembre caminaba con un bastón. Nunca había visto a nadie progresar tan rápidamente como a Edward–. Es increíble –murmuré, sin darme cuenta de que hablaba en voz baja–. Quiero decir...

–Te he oído perfectamente –sin dejar de trotar, giró la cabeza para dedicarme una sonrisa triunfal–. Estás maravillada, fascinada, deslumbrada con mi fuerza y poder. En estos momentos desearías poder darme un beso de película...

–¡No es verdad! –protesté indignada, sintiendo que me ardían las mejillas.

–Lo veo en tu cara –sonrió aún más–. «Oh, Edward» –me imitó con voz de falsete–. «Eres increíble. Mi héroe...».

No pudo terminar la frase porque se le torció el tobillo y se dio de bruces contra la cinta. Un segundo después, yo estaba arrodillada a su lado.

–¿Estás bien? –por suerte, la cinta se había detenido automáticamente. De lo contrario, se habría despellejado la mejilla–. Ten cuidado. Incorpórate despacio.

Él me ignoró y apartó el brazo con el ceño fruncido.

–Estoy bien.

–Ha sido culpa mía. Si no te hubiera distraído...

–No digas tonterías –me espetó él, mirándome con irritación–. No ha sido culpa tuya.

–Te sangra la cabeza. Tenemos que llevarte al hospital... –le palpé la cabeza con cuidado, pero él me apartó bruscamente las manos.

–Déjalo ya. Te he dicho que estoy bien –se llevó una mano al cuero cabelludo y la retiró cubierta de sangre.

Corrí a por una toalla limpia, la empapé de agua caliente en el lavabo y se la llevé. Él la agarró sin hacer comentarios y se lavó la herida.

–No debería haber permitido que te exigieras tanto. Mi trabajo es controlarte...

–¿Controlarme? –repitió él con un bufido desdeñoso–. ¿En serio crees que puedes?

Nuestras miradas se encontraron y mis hombros se relajaron ligeramente.

–Es cierto. No puedo decirte nada, ¿verdad?

–Verdad.

–Pero no puedes ser fuerte siempre, Edward –mi voz vaciló–. Hasta tú tienes momentos de debilidad.

Su expresión se endureció.

–¿Debilidad?

–Por tus lesiones.

–Para eso te pago, ¿no? Para que elimines todo resto de debilidad de mi cuerpo y me conviertas en el doble de hombre de lo que era antes de que ella... –apartó la mirada y apretó la mandíbula.

–¿La echas de menos? –le pregunté amablemente.

–No –se quitó la toalla de la cabeza–. Me recordó la lección que aprendí de niño. Nunca se debe depender de nadie.

–Dependes de mí –repliqué, preguntándome qué le habría pasado de niño.

–Dependo de ti para que me cures y para que guardes mis secretos.

–Ya es algo, ¿no?

–Sí –me miró fijamente–. Supongo que sí –se agarró al pasamanos de la cinta y se puso en pie–. La herida ha dejado de sangrar. Sigamos.

–¿Vas a seguir corriendo?

–¿Por qué no? ¿Estás cansada?

–Claro que no, pero vas a hacerte daño.

–Sé hasta dónde puedo llegar –replicó él, pero al agarrar los pasamanos de la cinta vi cómo palidecían sus nudillos.

Edward estaba acostumbrado a mandar sobre todo el mundo, pero en su afán por demostrar su fuerza podía provocarse un daño irreversible.

–Se necesita tiempo para que el cuerpo se cure del todo –le puse mi mano sobre la suya–. Incluso un cuerpo como el tuyo.

Él me sonrió burlonamente.

–Estabas mirando, ¿verdad?

Me puse colorada.

–No. Bueno, sí, claro que sí, pero...

–Me gusta cuando te sonrojas –se giró y pulsó el botón de aceleración. Estaba verdaderamente empeñado en matarse.

–Se acabó la carrera por hoy –dije, desesperada. ¿Qué podía hacer para detenerlo?–. Eh... quítate la ropa y túmbate.

Él soltó una carcajada.

–¿No quieres que corra? De acuerdo, si prefieres que hagamos algo más excitante, yo encantado.

–Desnúdate para un masaje. No quiero que se te agarroten los músculos –sus labios se curvaron en una maliciosa sonrisa–. ¡Ni una palabra más! –le señalé la camilla–. Ya sabes lo que quiero.

–Sí, sí que lo sé –se bajó de la cinta y me miró con un brillo en los ojos–. Lo que me sorprende es que tardes tanto en reconocerlo.

Estaba muy cerca de mí. Y me miraba con una intensidad abrumadora, haciendo que se me desbocara el corazón.

–¿Que reconozca qué? –pregunté con dificultad, intentando ignorar el sudor que me resbalaba entre los pechos–. ¿Que eres insufrible?

Él sonrió y se echó hacia atrás para quitarse la camiseta.

–Así que me quieres desnudo, ¿eh? Sabía que tarde o temprano me suplicarías que... –hizo una mueca de dolor y dejó caer los brazos. Apretó los dientes y volvió a intentarlo.

–Quieto. ¿Te duele el hombro?

–Estoy bien –era obvio que mentía. Debía de haberse golpeado más fuerte de lo que yo pensaba.

Me acerqué y le pasé las manos sobre el hombro.

–No está dislocado.

–Ya te lo he dicho –empezó a tirar de la camiseta.

–No te muevas. Deja que lo haga yo.

Él ladeó la cabeza. Sus ojos brillaban cada vez más.

–Adelante.

Me temblaban las manos al levantarle la camiseta de algodón y revelar su poderosa musculatura. Se la quité por encima de la cabeza, revolviéndole los negros cabellos que mis dedos anhelaban tocar para comprobar si eran tan suaves como parecían.

–Gracias.

–No hay de qué –no podía dejar de mirarlo. Me humedecí los labios con la lengua. Nos miramos a los ojos. Estábamos casi pegados, y él estaba desnudo de la cintura para arriba.

Y entonces sonrió.

No era una sonrisa amistosa. Era una sonrisa letal, llena de virilidad, tentación y peligro. Me prometía cosas que me harían gozar, enloquecer de placer, destrozarme el corazón.

Pero Jason Black ya me había roto el corazón. Edward jugaría cruelmente con los restos, les prendería fuego y se reiría viendo cómo se reducían a cenizas.

−¿Vas a terminar de desnudarte o tendré que hacerlo yo?

−Sería más fácil si te desnudaras tú también.

«Cuando un hombre intente provocar a la virgen incauta y confiada con placeres que exceden su imaginación, solo hay una manera de resistirse: mediante un trato frío y cortés».

−Esto no es una cita. Tus músculos necesitan un masaje después de tanto ejercicio y de haber sufrido una caída. De lo contrario, podrías lastimarte gravemente −agarré una toalla y se la arrojé−. No vuelvas a levantar el hombro. Avísame cuando pueda darme la vuelta.

Me crucé de brazos y me giré sobre los talones, furiosa conmigo misma. ¿Por qué había permitido que me afectara tanto? Ningún otro cliente, y los había tenido realmente atractivos, me había causado aquel efecto. Ni siquiera Jason. Sus besos habían sido muy placenteros, pero nunca me habían hecho arder de pasión y deseo...

−Ya puedes darte la vuelta.

Lo hice. Y deseé no haberlo hecho.

Edward estaba tendido boca abajo, con la toalla blanca cubriéndole el trasero, entre su poderosa espalda y sus musculosos muslos. Apoyó el codo en el cojín y me miró.

−¿No es esto lo que querías? −me preguntó con voz profunda−. Tendido y desnudo a tu merced.

Abrí la boca para replicarle, pero solo me salió una

especie de gritito agudo. Tosí para disimularlo y me acerqué nerviosa a la camilla.

–Sé amable conmigo –me pidió él con voz burlona. Cerró los ojos y apoyó la barbilla en los brazos cruzados, esperando a que lo tocara.

Tocarlo... Me miré las manos, en las que de repente sentía un fuerte picor. Sabía cómo dar un masaje profesional, y, sin embargo, temblaba de miedo. Me sentía como lo que era... una virgen asustada. Edward St. Cyr, mi jefe, quien me atraía e irritaba a partes iguales, quien estaba fuera de mi alcance y quien no me veía más que como un pasatiempo con el que divertirse y luego olvidar, estaba desnudo bajo mis manos. Y yo temía que, si mostrase la menor debilidad, él se giraría y me devoraría sin piedad. Pensé en los documentales que mostraban a un león desgarrando la carne de una gacela indefensa.

Si sintiera el temblor de mis manos, solo tendría que darse la vuelta y tirar de mí para besarme.

«No pienses en ello». Flexioné los dedos y me vertí aceite en las palmas. Las froté para calentarlas y las bajé lentamente hacia su espalda.

La piel de Edward era cálida y satinada. Oí el suave murmullo del calefactor mientras deslizaba las manos sobre su espalda, sintiendo la exquisita suavidad de su piel y la dureza de sus músculos.

¿Cómo sería sentir su cuerpo desnudo contra el mío?

Tenía que concentrarme. Verlo como un paciente, no como un hombre al que me moría por besar. Un cuerpo como cualquier otro, formado por músculos, tendones, ligamentos y células. No como el hombre con el que fantaseaba antes de quedarme dormida.

Intenté calmar los frenéticos latidos de mi corazón mientras le masajeaba los músculos superiores de la espalda. Recorrí el gimnasio con la mirada, fijándome en los modernos aparatos, las pesas y las alfombrillas de yoga. Fuera, el sol del mediodía se abría paso entre las nubes y proyectaba caprichosos diseños de luces y sombras en el triste paisaje invernal.

Pero yo me abrasaba como si fuera verano. Cerré los ojos e intenté no imaginarme cómo sería si Edward fuera mi amante y me colmara de placeres insospechados. Muy probablemente mi alma se consumiría sin remedio, pero al menos habría conocido la dicha y la excitación del fuego.

Durante todos esos años había protegido celosamente mi cuerpo y mi corazón, temerosa de volver a sufrir la pérdida de algo o alguien importante. Pero, al parecer, no había logrado protegerme por completo del dolor. ¿Quién podía conseguir algo así?

La tristeza y el desconsuelo formaban parte de la vida. La gente moría. La gente te hacía sufrir.

Edward suspiró.

—Me gusta.

—Me alegro —dije con voz ronca. Le eché más aceite y seguí frotándolo en silencio, espalda, piernas y pies. Luego, separé un poco la toalla de su cuerpo—. Date la vuelta.

—No es necesario.

—Claro que sí —era extremadamente difícil sostener la toalla en alto y no mirarle el trasero—. Tengo que trabajarte el otro costado, ¿o es que quieres que se te quede rígida la parte frontal del cuerpo?

—Eh...

—Por el amor de Dios, ¿quieres darte la vuelta de una vez?

Él lo hizo. Solté un suspiro de alivio y dejé caer rápidamente la toalla para cubrirlo. Pero lo que vi me hizo abrir los ojos como platos. No me podía creer que... aquello fuera real. Nunca había visto a un hombre desnudo, pero la forma y el tamaño de su miembro erecto eran inconfundibles bajo la toalla.

¿Estarían todos los hombres igual de dotados? Me había quedado absolutamente fascinada y no podía apartar la vista.

–Sabía que eras virgen, pero veo que no has tenido ninguna experiencia de ningún tipo, ¿me equivoco?

–He tenido muchas experiencias –mentí. Me miró a los ojos y yo me encogí de hombros–. De trabajo. Con hombres... ninguna.

–¿Ni siquiera con Jason? –me preguntó con incredulidad.

Las mejillas me ardían tanto que no pude sostenerle la mirada.

–Me han besado alguna vez.

–¡Tienes veintiocho años!

–Lo sé –para ocultar mi vergüenza, me giré y agarré el aceite. Él había tenido una reacción física, nada más. La respuesta inconsciente de un cuerpo masculino al tacto de una mujer. No era que me deseara a mí en particular. Eso era imposible.

Comparé rápidamente su cuerpo poderoso y perfecto, su increíble atractivo varonil y su inmensa fortuna con lo que yo tenía que ofrecer.

Sí, era del todo imposible.

«Si te apartas mínimamente de tus principios morales, vuelve a ellos lo más rápido que puedas», advertía Warreldy-Gribbley.

–¿Podríamos mantener una relación profesional, por favor?

–Adelante –dijo él en tono divertido. Apoyó la cabeza en las manos y cerró los ojos.

Sintiéndome ridícula, le masajeé el pecho, los brazos y los hombros. Tuve mucho cuidado con las heridas que aún no habían sanado del todo, pero también esas empezaban a desaparecer. Ya no llevaba vendajes de ningún tipo y no había nada que se interpusiera entre mis manos y sus músculos y cicatrices. Su cuerpo irradiaba fuerza y virilidad por los cuatro costados.

Lo miré, tendido en la camilla. Sus ojos seguían cerrados, pero sus labios se curvaban en una extraña sonrisa.

–¿En qué piensas? –nada más preguntarlo me mordí el labio inferior.

–Es una pregunta muy peligrosa. Mejor que no lo sepas.

¿Estaría pensando en el accidente? ¿En la mujer? ¿O en algo enteramente distinto?

–Qué tontería –solté una risa forzada–. El conocimiento nunca está de más.

–En tal caso... –sonrió con sarcasmo–. Estoy pensando, señorita Maywood, que sería muy emocionante seducirte.

Un escalofrío me recorrió el cuerpo. Me aparté de la camilla con los ojos muy abiertos.

–Trabajo para ti.

–¿Y qué?

–Es... estoy enamorada de otra persona –dije en un tono patéticamente débil.

Él se incorporó.

–No es que eso importe mucho, pero ¿estás segura?

–Claro que estoy segura.

–Has visto la foto, dos estrellas de cine enamorados como tontos en la alfombra roja. Él te engañó y te abandonó, ni siquiera os acostasteis, ¿y sin embargo lo sigues amando y siéndole fiel? ¿Por qué?

Tragué saliva y bajé la mirada.

–No lo sé.

–Es verdad lo que dicen. La mejor manera de superar la pérdida de un hombre es ponerse debajo de otro.

–¿Ah, sí? –lo miré fijamente–. ¿Y alguna de las mujeres con las que te has acostado ha conseguido borrar la imagen de ella de tu cerebro? ¿De la mujer a la que amabas y por la que casi te mataste?

Él hizo una mueca y emitió un gruñido desde el fondo de su garganta.

–No.

–El amor no desaparece así como así. Lo sabes tan bien como yo.

–Puede y tiene que desaparecer. Quien no lo vea así es un estúpido –se sujetó la toalla alrededor de las caderas y se levantó. Me miró con los ojos entornados mientras seguía escupiéndome sus crueles palabras–. ¿Cómo te sientes al saber que tu hermanastra lo tiene todo... la carrera con la que soñabas y el hombre al que amabas? –ladeó la cabeza–. Seguramente, él la deseaba desde el principio. Te utilizó para llegar hasta ella y...

–¡Cállate!

–Te compadezco. Debe de ser muy doloroso saber que nunca pagarán por lo que te han hecho, y que mientras tú sufres en silencio ellos están haciendo el amor sin preocuparse de nada –bufó con desdén–. Eres tan insignificante que ni siquiera recuerdan que existes.

Tenía el rostro muy cerca del mío y su expresión era dura y cruel. El corazón se me encogió de dolor, pero entonces lo comprendí.

–No estás hablando de mí –repliqué débilmente–. Estás hablando de ti mismo.

El aire que nos separaba se enfrió de repente, y no era debido al viento invernal que golpeaba las ventanas ni al débil sol de la tarde que se ocultaba tras los árboles desnudos. Edward torció el gesto y se dio la vuelta.

–Hemos terminado.

–No –lo agarré del brazo–. Estoy intentando ayudarte, pero no puedo hacerlo si no conozco el alcance de tus heridas.

Él me miró con la mandíbula tensa.

–Puedes saberlo. Las has palpado con tus manos.

–Hay heridas que no pueden verse ni tocarse –respiré profundamente–. Algunas son mucho más profundas. Déjame ayudarte, Edward –le pedí en voz baja y suplicante–. Dime lo que necesitas.

Me miró fijamente con sus ojos azules, tan fríos y crueles como el Ártico. Sin soltar la toalla que rodeaba holgadamente sus caderas, me agarró por la nuca con la otra mano.

–¿Quieres ayudarme? Pues esto es lo que necesito.

No tuve tiempo para resistirme ni para pensar. Al principio mi cuerpo se endureció, pero enseguida sucumbió al implacable ataque de sus labios y su lengua. Me sujetó fuertemente, dominándome con su poderosa y casi desnuda envergadura.

Entonces la toalla cayó al suelo y quedó completamente desnudo.

Yo llevaba una sudadera con capucha, una camiseta y unos pantalones de chándal, como siempre. Pero el roce de su piel me abrasaba a través de la ropa.

Movió lentamente la mano por mi espalda mientras con la otra me sujetaba la cabeza y entrelazaba los dedos en mi pelo. Me soltó la cola de caballo y los cabellos cayeron sobre mis hombros.

–Te deseo, Diana –murmuró casi sin despegar la boca de la mía.

Nunca me habían besado así. Los tímidos besos de un compañero de la facultad me habían dejado fría, y tampoco los besos de Jason me habían hecho arder de pasión. Pero aquel beso...

Era puro fuego.

Edward St. Cyr deseaba mi cuerpo, no mi alma ni mi corazón. No había la menor emoción en lo que hacía, ni respeto alguno hacia mis sentimientos. Solo lujuria y deseo.

Pero su voraz apetito hacía que me olvidara de todo... Del pasado, de mi corazón destrozado, del sufrimiento, incluso de mi nombre. Su beso me había devuelto a la vida como las ascuas entre la fría ceniza. Lo agarré por los hombros con un fervor desconocido y lo besé con todo lo que tenía.

Oí su gemido ronco y sentí que me apretaba contra su cuerpo desnudo. Sus manos me recorrieron posesivamente. Me besó y mordió con una voracidad salvaje y me lamió a conciencia antes de besarme la barbilla y el cuello.

Eché la cabeza hacia atrás. La casa parecía dar vueltas a mi alrededor, como si estuviera en el centro de un tornado. Me ardía la piel como si la quemara el sol del desierto. Cerré con fuerza los ojos. No podía abrirlos. Si lo hacía, vería a Edward St. Cyr, mi apuesto y arrogante jefe, besándome el cuello en dirección a mis pechos. Aquella imagen me haría explotar.

Pasó las manos sobre mis pechos y los agarró a través de la ropa. Acarició los endurecidos pezones y se me aceleró la respiración.

—Quítatelo todo —me susurró al oído. Sentí el cosquilleo de su lengua en la oreja y me estremecí de deseo—. Todo.

Metió las manos bajo mi camiseta y las subió hasta el fino sujetador de algodón que apenas podía contener mis pechos, los cuales parecían más grandes y pesados con cada respiración. Me besó ávidamente, llenándome la boca con su lengua, y me pellizcó un pezón.

Un torrente de sensaciones desconocidas se apoderó de mí. Ahogué un gemido y lo agarré por los hombros desnudos con un ansia desesperada, cegada por la pasión que me consumía.

–Te ayudaré –susurró él, y tiró de mi sudadera para tumbarme de espaldas en la camilla.

Abrí los ojos de golpe. Edward tenía intención de poseerme allí mismo, en la casa del jardinero, rodeados por los aparatos y las pesas. En la camilla de los masajes. Me arrebataría despiadadamente mi virginidad sin pensárselo dos veces.

Él no me deseaba. Tan solo deseaba a una mujer, una mujer cualquiera, a la que usar como un objeto desechable.

Al besarme con aquella pasión salvaje, al sentir su cuerpo desnudo y endurecido contra el mío, me había dejado llevar por las intensas sensaciones y alocadas fantasías.

En otro momento habría dejado que me desnudara y que me penetrara como un animal en celo, para un minuto después retirarse y dejarme sobre la mesa, sudorosa y usada.

Pero aquello no se parecía a ninguna de mis fantasías románticas.

–No –dije al tiempo que lo empujaba por los hombros.

Los ojos medio cerrados de Edward se llenaron de confusión.

–¿Qué?

Apreté las manos con más fuerza y lo miré a los ojos a la grisácea luz invernal que entraba por la ventana. Fuera aullaba el viento, el mar bramaba y se oía el ladrido de un perro.

–He dicho que no.

Desconcertado, me soltó y los dos nos quedamos mirándonos junto a la mesa, yo con la ropa desarreglada y él completamente desnudo. Intenté no bajar la mirada y no pensar en lo cerca que había estado de entregárselo todo, mi cuerpo hambriento y mi corazón herido, por culpa de una pasión ciega.

Pero él tenía que desearme a mí, Diana, no a una mujer cualquiera. Tal vez yo no fuera una deslumbrante estrella de cine como Madison, pero no por ello debía conformarme con ser el segundo plato para nadie.

Me aparté y apreté los puños a mis costados.

–Eres mi paciente. Hay líneas rojas que no cruzo jamás.

–Vamos... Seguro que has traspasado alguna que otra línea en tu vida.

Negué testarudamente con la cabeza.

–¿Nunca has roto ni una sola regla?

–No.

Alargó un brazo y me apartó los mechones de la cara, tocándome la sien, la mejilla y mis temblorosos labios.

–Entonces, no sabes lo que te has perdido.

Se elevaba sobre mí, despreocupado y orgulloso aun estando desnudo. Mientras yo, temblaba de la cabeza a los pies. La sangre me hervía en las venas y respiraba agitadamente. Le sostuve la mirada, ardiente y ávida.

–Me gustas, Diana. Te respeto lo suficiente para tratarte como a una igual...

–Vaya, muchas gracias.

Él me puso un dedo en los labios.

–Ambos sabemos lo que hay entre nosotros. Puedes fingir lo que quieras, pero a mí no me engañas. Ni siquiera a ti misma –pasó los dedos sobre mi mejilla–. Lo he sentido cuando me besabas. Tú me deseas, igual que yo a ti.

–Eso no significa que deba actuar en consecuencia.

–¿Por qué no?

Tuve que esforzarme mucho para pensar en una respuesta.

–Jason...

–Ah, sí. Jason Black, esa llama que nunca se extingue en tu corazón –se burló Edward–. Que se quede él con tu corazón, porque yo voy a tener tu cuerpo –me acarició suavemente la espalda–. Muy pronto. Y los dos lo sabemos.

Sus palabras me llenaron de pánico, y lo peor era que tenía razón. Una parte de mí ansiaba arrojarse a la tentación, ser más atrevida de lo que nunca había sido y quebrantar las reglas como hacía él. ¿Adónde me había llevado el estricto cumplimiento de las normas sino al sufrimiento y la soledad?

«Si no puedes resistirte a la tentación de tu jefe, sal corriendo como si tu vida dependiera de ello», era la advertencia de Warreldy-Gribbley.

Temblando, me di la vuelta y hui.

–Diana...

No me detuve. Pasé sobre la esterilla de yoga y abrí la puerta para salir corriendo al jardín. Los copos de nieve se habían transformado en una niebla fría y húmeda que amenazaba lluvia. Estaba al borde de las lágrimas cuando llegué a la casa, pero cuando empujé la pesada puerta de roble me sentí asfixiada por los gruesos muros de piedra.

«¿Nunca has roto ni una sola regla?».

«No».

«Entonces, no sabes lo que te has perdido».

Caesar gimió a mis pies. Me sequé las lágrimas y miré al perro, que daba vueltas delante de la puerta. Yo había adquirido la costumbre de llevarlo a pasear, ya que su dueña, la señora MacWhirter, no tenía tiempo ni paciencia para dedicarle. Acuciada por una imperiosa necesidad, agarré mi chubasquero y la correa de Caesar y volví a salir, con el enorme perro trotando alegremente junto a mí.

Me alejé de la casa del jardinero en dirección al sendero que conducía a los acantilados. La neblina había dejado paso a una llovizna que derretía la delgada capa de nieve, y que por la noche se habría transformado en una dura superficie de hielo... como el corazón de Edward.

Me había besado para hacerme callar. Yo lo estaba acosando con preguntas que no quería responder y me había cerrado la boca de la manera más rápida y eficaz.

Me ardían las mejillas y la garganta me escocía al recordar la humillación. Las lágrimas me resbalaban por el rostro, dejando un reguero de humedad que la brisa marina enfriaba.

Edward St. Cyr estaba acostumbrado a controlar a las personas, especialmente a las mujeres. Yo lo había sabido desde el principio, y aun así le había permitido hacer lo mismo conmigo.

Contemplé el juego de luces y sombras en el mar mientras el viento me agitaba los cabellos.

Al observar las gaviotas casi deseé ser una de ellas y poder emprender el vuelo para alejarme de allí y que nadie volviera a verme nunca más.

Se suponía que Penryth Hall iba a ser mi escondite. Pero ¿cómo esconderse de un escondite?

Tarde o temprano tendría que regresar a California. Tendría que enfrentarme al escándalo, a la compasión y a las dos personas que me habían destrozado el corazón. Y, sobre todo, tendría que enfrentarme a mí misma.

Agarré un palo y lo arrojé a lo lejos. Caesar salió disparado en su busca. Me toqué los labios, aún irritados por el beso de Edward. Por un instante, al pensar que Edward me deseaba... a mí, a la chica invisible y desprovista de belleza, inteligencia y carrera, había sentido que valía algo. Que a alguien le importaba.

Me estremecí de vergüenza.

Caesar dejó el palo a mis pies y ladró alegremente. Lo agarré y volví a arrojarlo, más lejos. Para cuando los dos estábamos empapados por la lluvia y temblando de frío, había tomado una decisión.

Iba a marcharme de Penryth Hall. Finalmente había encontrado algo que me asustaba más que volver a California.

Quedarme allí.

Edward no me necesitaba. Ya no. Lo supe al verlo corriendo en la cinta.

Aminoré la marcha mientras Caesar corría delante de mí por el sendero encharcado de vuelta al castillo. Cuando llegué finalmente a la puerta, mis pies giraron hacia la izquierda y me encontré rodeando la mansión hacia la puerta principal, postergando el momento de entrar y decirle que me marchaba. Una vez que se lo dijera, no habría vuelta atrás.

De repente me detuve, horrorizada.

Había dos coches aparcados delante de Penryth Hall. Junto a ellos estaban los dos guardaespaldas de mi hermanastra, Damian y Luis.

–Hola, Diana –me saludó Luis con una sonrisa–. Hacía mucho que no te veíamos.

A su lado, Damian me miraba con expresión ceñuda.

–La señorita Lowe y el señor Black han venido para verte –sacudió su calva cabeza–. Y está muy, muy disgustada contigo.

Capítulo 3

EL AGUA que chorreaba de mi chubasquero mojaba las baldosas del vestíbulo. La idea de enfrentarme a ellos me llenaba de pánico.

Edward, Madison y Jason. Los tres a la vez. No, no podía hacerlo. Me detuve y apreté los puños a mis costados. Caesar entró detrás de mí, me miró con simpatía y se sacudió vigorosamente, salpicándome de agua y barro. Ahogué un grito al sentir la suciedad en la cara y el pelo. No me había abrochado el chubasquero, por lo que hasta la camiseta que llevaba debajo, y que un rato antes Edward había manoseado, se puso perdida.

Como si no tuviera ya bastante...

Caesar se alejó alegremente por el pasillo, sin duda con el propósito de echarse frente a la chimenea. Afortunado él, que no tenía que enfrentarse al pelotón de fusilamiento.

Oí voces procedentes de la biblioteca. La voz aguda de Madison y dos voces masculinas. ¿Estaban tomando el té o preparándome una emboscada?

Tal vez pudiera escabullirme sin que advirtieran mi presencia, hacer la maleta y largarme al otro extremo del mundo.

–¿Qué haces? –preguntó Edward. Se había duchado y cambiado de ropa. Tenía el pelo aún húmedo y ofrecía una imagen irresistible con chaqueta y corbata.

–¿Por qué te has puesto tan elegante?

–Tenemos compañía –el fuego que ardía en la chimenea de la biblioteca arrojaba sombras en su adusta expresión–. ¿Te importaría unirte a nosotros?

Era tan atractivo y sofisticado... Todo lo que yo no era. Me parecía increíble que me hubiese besado. Me llevé una mano al pelo y constaté que, en efecto, estaba mojado y enredado.

–¿Y bien? –me apremió él.

–No creo que pueda hacerlo –susurré. El corazón me latía con fuerza y mis pies estaban listos para salir corriendo–. Lo he pensado mientras paseaba. Después de lo que ha pasado he descubierto que ya no me necesitas. Quizá sea el momento de...

–¿Eres tú, Diana? –la voz de Madison llegó desde la biblioteca–. ¡Ven aquí!

Edward arqueó las cejas. Se acercó y me quitó el chubasquero. Me estremecí al sentir el roce de sus dedos y oler su fragancia fresca y varonil. Colgó el chubasquero y se giró de nuevo hacia mí.

–Tarde o temprano tendrás que verlos, Diana –me puso una mano en el hombro–. Cuanto antes, mejor.

Sus ánimos me consolaron y entré en la biblioteca con la cabeza bien alta.

La habitación era acogedora y elegante, con una altura de dos pisos, estanterías llenas de libros en todas las paredes, una escalera para llegar a los estantes superiores y una enorme chimenea de mármol en un extremo. Sentadas en el sofá blanco situado frente al fuego estaban las dos estrellas de cine.

Madison estaba tan deslumbrante como siempre, con su largo pelo rubio, sus grandes ojos enmarcados por pestañas postizas y unos pómulos tan marcados que podrían cortar el vidrio. Incluso vestida con una chaqueta blanca de piel, una blusa de seda y unos vaqueros, todo el mundo la reconocería como una estrella de cine.

Jason estaba sentado a su lado, con una mano posada protectoramente en su rodilla. Tan guapo y corpulento como siempre, lo rodeaba una aureola de éxito e iba vestido con ropa carísima.

Mirándolos, sentí que me ardía el cuerpo y luego se me congelaba. Jason hizo ademán de levantarse, pero Madison lo agarró de la mano para detenerlo.

—Diana —dijo con voz de hielo—, ha sido muy descortés por tu parte hacernos esperar, aunque no te culpo por tener miedo de verme después de lo que me has hecho. ¡Me abandonaste cuando más te necesitaba!

Si Edward no hubiera estado detrás de mí, poniéndome una mano en la espalda para insuflarme ánimos, seguramente las piernas no me habrían sostenido.

—Fui a California a enseñarle tu casa a la periodista... ¡Como tú me pediste que hiciera!

—Eso pasó hace tiempo. Estoy hablando del estreno de anoche. ¡Tendrías que haber estado conmigo!

—¿Estás de broma?

—Ya sabes lo nerviosa que me pongo en público. Me prometiste que estarías siempre conmigo...

—Sí, cuando era tu ayudante —tragué saliva—. Antes de verme humillada ante el mundo entero.

—¿Aún quieres castigarme por eso? No era nuestra intención enamorarnos. Fue un accidente. Algo que ocurre sin más —miró embelesada a Jason y luego a mí, furiosa—. Me has decepcionado, Diana. Tú y Jason ni siquiera os acostasteis.

—¿Se lo has dicho? —le pregunté a Jason.

Él se rascó la nuca y me dedicó una sonrisa avergonzada que en otro momento me hubiera parecido irresistible.

—Tú y yo éramos amigos, Diana. Salimos juntos y tonteamos un poco, pero... vamos, nunca me dejaste que te tocara. Decías que querías esperar al amor verdadero o algo así. No sé en qué siglo vives tú, pero por lo que a mí respecta, sin sexo no hay relación posible.

Por un instante no pude respirar. ¿No había relación posible? Entonces, ¿todo había sido fruto de mi imaginación?

Fue entonces cuando vi el destello en la mano izquierda de Madison. Un anillo con un gran diamante... en el dedo anular. Ahogué un gemido y me tapé la boca con la mano. Un silencio sepulcral invadió la biblioteca, únicamente roto por el crepitar de las llamas y el goteo de mi pelo empapado. Me quedé inmóvil, como una rata cubierta de fango delante de mi hermosa hermanastra, con un diamante de diez quilates en una mano y con la otra asida al hombre al que yo había amado.

–¿Estáis...? –las lágrimas me abrasaron los párpados–. ¿Estáis comprometidos?

Madison se puso la mano sobre el anillo.

–Sí –una sonrisa suavizó sus duras facciones mientras miraba a Jason–. Me lo pidió anoche, después del estreno.

Jason también le sonrió y le besó la mano.

–La mejor noche de mi vida.

Sus ojos resplandecían de amor y felicidad. Estaban profundamente enamorados. Pero una cosa era saberlo y otra muy distinta verlo con mis propios ojos. No solo sentía náuseas, sino que me sentía completamente invisible.

–Deja de lamentarte y alégrate por nosotros –me dijo Madison–. Vuelve y trabaja para mí. Te necesito para organizar mi boda.

–Y no te preocupes –me dijo Jason amablemente–. Algún día encontrarás a tu verdadero novio, Di. Eres una chica fantástica y te mereces a alguien especial, aunque tarde un poco...

Levanté una mano temblorosa, incapaz de seguir oyendo. El corazón se me caía a pedazos.

–Querida –susurró Edward detrás de mí, rodeándome con sus brazos–. ¿Es que no se lo has dicho?

Lo miré sin comprender.

–¿El qué?

Él me sonrió con expresión bondadosa.

–Lo nuestro –me miró como ningún hombre me había mirado antes. La fuerza seductora de su mirada me impactó como un golpe de calor, como si me hubiera suministrado una potente droga que me hacía temblar de deseo.

–Pero, Diana, ¿por qué no les has dicho...? –me acarició un mechón de pelo– ¿... que somos amantes?

¿Qué? El corazón me dejó de latir.

–¿Qué? –exclamó Madison.

–¿Qué? –repitió Jason.

Edward me miró con preocupación.

–Estás tiritando, querida. Y tienes la ropa empapada. ¿Has sacado a pasear al perro?

Los dientes me castañeaban, y no solo del frío. Asentí como una tonta y él me sonrió sensualmente.

–¿Por qué no subes a nuestra habitación a cambiarte? Te esperaremos.

–No pienso esperar –me espetó Madison–. No hasta que te comprometas a volver y organizar nuestra boda –nos miró a Edward y a mí, sin duda comparando su impecable aspecto con mi patética imagen–. Y no me creo que seáis...

–¿Sabes, Diana? –me susurró Edward, sin molestarse en mirar a Madison–, creo que subiré contigo y te ayudaré a quitarte esta ropa mojada.

Cualquier mujer se hubiera derretido al instante ante la ardiente mirada de Edward. ¿Me había adentrado en un universo paralelo donde yo era la estrella de cine en lugar de Madison?

Sentí la mirada de mi hermanastra.

–¿De verdad estáis juntos? –preguntó con un asomo de duda en su melódica voz.

–Desde hace muy poco –respondió Edward, sonriéndome con deseo mientras me acariciaba la mejilla, como si estuviera pensando en lo que quería hacerme en la cama–. Diana me gustó desde el momento en que la vi, pero ella me lo ha hecho pasar francamente mal con una larguísima espera. Es la mujer más sexy y deseable del mundo.

–No es más que una fisioterapeuta –observó Madison en tono hostil.

–Sí, y conoce el cuerpo humano como nadie –me miró con ojos embelesados–. Es la amante más increíble que he tenido en mi vida.

Me quedé de piedra.

–¿Estáis enamorados? –preguntó Jason, anonadado.

–Claro que no –respondió Edward con desdén–. Lo nuestro es solo sexo.

Un débil gemido escapó de la garganta de Jason. Tenía los ojos ridículamente abiertos.

–No lo entiendo –Madison estaba igual de perpleja, como si no pudiera creerse que otra mujer le robara el protagonismo–. Solo han pasado dos meses.

–Es algo que ocurre, sin más –sonrió mientras repetía las palabras de Madison. Me rodeó con sus fuertes brazos y me apretó contra su pecho–. Siento que Diana no pueda ser tu ayudante, Madison. Pero espero que os quedéis a cenar, después de haber hecho un viaje tan largo desde Londres.

–Eh... –Jason no podía dejar de mirarme, como si no me reconociera–. No creo que...

–Claro que sí –respondió Madison, mirando a Edward con renovado interés–. Estoy deseando conocer mejor a tu nuevo novio, Diana.

–Estupendo –respondió Edward, ajeno a la mirada

que le echaba Madison, como una gata observando un ratón particularmente jugoso. Pero yo sí me había dado cuenta. Y también Jason, a juzgar por su ceño fruncido–. Si nos disculpáis, me llevaré a Diana arriba –pronunció deliberadamente la palabra «llevaré»–. Mientras tanto servíos un poco de té, o hay bebidas en el bar por si preferís algo más fuerte –tiró de mí hacia el pasillo.

–Yo sí que necesito algo más fuerte –murmuré.

–Calla –sin soltarme de la mano, me condujo hasta el piso de arriba. Al llegar a la puerta de mi habitación me detuve y lo miré con el ceño fruncido.

–Les has hecho creer que somos amantes.

–Sí.

–¿Por qué?

–Porque me apetecía.

Tragué saliva y sacudí la cabeza.

–No lo entiendo.

Edward entornó la mirada.

–No me gustaba cómo te estaban tratando, intentando hacerte sentir culpable para que organizaras su boda o consolándote con lo de que algún día encontrarás a tu verdadero novio –imitó la voz de Jason–. Menudo par de imbéciles.

Se me escapó una risa involuntaria.

–Pero quizá tuvieran razón –dije en voz baja–. Debería haber sabido que Jason preferiría a Madison. Y ni tengo novio ni creo que pueda llegar a...

–No seas tonta –me puso la mano en la mejilla–. Podrías tener a cualquier hombre que quisieras y cuando tú quisieras. Si ahora mismo no lo tienes es porque así lo has decidido

Tragué saliva y lo miré a los ojos.

–Eres muy amable, pero...

–No soy amable. Simplemente, no me gusta que te traten como si no fueras nadie.

–No soy nadie –susurré.

Él dejó caer la mano y maldijo entre dientes.

–En estos dos últimos meses me has tratado como a un igual. Pero te has vuelto una ratoncita asustada en cuanto has entrado en la biblioteca. ¿Por qué?

–¿Y a ti qué más te da? –me obligué a mirarlo a los ojos–. Hoy estabas corriendo en la cinta, Edward. Ya no te hace falta una fisioterapeuta –sacudí tristemente la cabeza–. Es hora de que me vaya...

–Ah, no, de eso nada –negó él con vehemencia–. Ni se te ocurra utilizarme como excusa para marcharte. ¿Quieres saber por qué me importa? Porque no me gusta que la mujer que me hace hincar la rodilla, o sea, tú, se derrumbe ante un par de idiotas sin cerebro.

–¿Cuándo te he hecho yo hincar la rodilla? –pregunté como una tonta.

–¿Ya lo has olvidado? Hace solo un par de horas te tomé en mis brazos y te supliqué que hicieras el amor conmigo. Era un monigote en tus manos.

Sentí un estremecimiento e intenté reírme.

–No recuerdo que suplicaras... –no pude acabar la frase, porque Edward tiró bruscamente de mí y me acarició la barbilla y el cuello con la punta de los dedos.

–Así es como suplico –sus labios estaban tan cerca de los míos que me robaban el aliento–. Eres fuerte, Diana. Y muy valiente –me besó con una suavidad exquisita–. ¿Por qué finges ser lo contrario? –se echó hacia atrás y me miró con expresión ceñuda–. Quiero a la mujer a la que contraté, la que siempre está intentando patearme el trasero. Quiero volver a verla.

Me humedecí los labios.

–Es muy difícil...

–No. Es muy fácil. Vuelve a ser tú misma o lárgate de mi casa.

Me quedé boquiabierta. Aquella sí que era buena... Mi propósito había sido marcharme de Penryth Hall por mi propio pie, pero la posibilidad de que fuera Edward quien me echara a patadas se me antojaba del todo inaceptable.

–¿Me estás despidiendo? –su mirada me estremeció–. No lo entiendes. Madison y yo tenemos una... Y Jason... –no sabía ni cómo explicarme.

–¿Todavía lo quieres? –su mirada se endureció–. Eres una pobre ingenua. Pero eso es lo que hace el amor. Nos vuelve tontos.

–Ya no sé lo que siento.

–Sea lo que sea, no importa. Tienes que superarlo. Vales más que eso, Diana, y no quiero ver cómo te pisotean. O dejas de ser un felpudo o te vuelves a Londres con ellos.

Sentí que iba a desmayarme, acosada por todos lados. Cuánto deseaba ser la mujer fuerte y valiente que él describía.

Pero la idea de enfrentarme a ellos y decirles lo que pensaba...

–No creo que pueda –admití con voz ahogada.

–Tienes veinte minutos para decidirlo –dijo él con la mandíbula apretada. Se giró y se detuvo en la puerta–. Dúchate, péinate y ponte ropa seca. Quiero que me des tu respuesta cuando bajes para cenar.

Me temblaban las piernas al bajar la escalera, media hora más tarde. Me había demorado en la ducha, cerrando los ojos bajo el agua caliente. Luego me peiné el pelo mojado y abrí el armario para sacar la ropa de siempre: camiseta y pantalones cargo. Pero de repente me detuve y saqué una falda, una blusa y unos zapatos de tacón negros. Me pinté los labios, con un carmín que casi había olvidado que tenía, y me puse una cinta en el pelo. Me costó reconocerme en el espejo.

Mientras bajaba oí las voces que salían del comedor. Habían empezado a cenar sin mí, lo cual no era extraño. Edward me había dado veinte minutos, y seguramente se estaba preguntando si había decidido hacer las maletas.

También yo me lo seguía preguntando.

Podría tomar el camino seguro y volver con Madison a mi antigua vida, organizar su boda y permanecer para siempre a su sombra, servicial e invisible.

O...

Podría echarle valor y ser yo misma. Decirles a Jason y a Madison cómo me sentía realmente y permanecer en Penryth Hall... lo que me llevaría casi inevitablemente a la cama de Edward.

¿Cuál sería mi decisión? ¿Seguir siendo virgen e invisible?

¿O arriesgarme a ser sincera y atrevida y dar un paso que cambiaría mi vida para siempre?

Me detuve en la puerta del comedor, desgarrada entre el deseo y el miedo. Pero ya me había retrasado bastante. Apreté los puños, respiré hondo y entré.

Madison se había apropiado del sitio de honor en la mesa alargada y con velas. Jason estaba a su derecha y Edward, a su izquierda. La expresión de Edward se endureció nada más verme.

—Aquí estás —me indicó que me sentara a su izquierda. Evitando su mirada, me deslicé silenciosamente en la silla.

Mi hermanastra apenas me lanzó una mirada despectiva y ni siquiera interrumpió su relato, basado en las insoportables cargas de ser joven, rica, guapa y famosa.

—A estas alturas ya debería haberme acostumbrado a promocionar mis películas —concluyó con un melodramático suspiro–. Pero lo de esta mañana ha sido agotador. Los periodistas solo querían saber los detalles de nuestro compromiso –le dedicó una mirada coqueta a Jason–. Cómo se declaró, cuándo será la boda... –se giró hacia mí–. ¿Por qué has tardado tanto, Diana? Ya vamos por la mitad de la cena.

«Porque así me he librado de escuchar tus tonterías», pensé, pero no tuve el coraje de decírselo.

–Lo siento –agarré la bandeja del centro y me serví un poco de cordero con patatas y verduras.

–Bueno –continuó Madison–, el caso es que a veces me canso de ser el centro de atención –bostezó exageradamente mientras estiraba los brazos por encima de la cabeza, haciendo ostentación de su escultural figura, y les ofreció a Jason y a Edward aquella encantadora sonrisa a la que ningún hombre podía resistirse–. Nuestro compromiso ha causado sensación en todo el mundo. Mis fans están entusiasmados y no paran de enviarme felicitaciones y regalos –soltó una risa cantarina–. Aunque hay algunos que amenazan con tirarse por la ventana si no cancelo la boda. Seguro que tú sabes cómo es –alargó el brazo y le dio unas palmaditas en la mano a Edward–, cuando la gente te desea de manera obsesiva.

Los ojos casi se me salieron de las órbitas al ver la mano esbelta y delicada de Madison tocando lenta y sensualmente la de Edward. La misma mano que ostentaba el anillo con el que otro hombre se le había declarado.

Quería la atención de Edward, lo que no debería sorprenderme. Madison siempre necesitaba ser el centro de atención entre los hombres. Incluso cuando éramos jóvenes y mi madre se estaba muriendo, Madison se escapó con el tipo que limpiaba la piscina y estrelló el coche de su padre contra una palmera... lo que efectivamente sirvió para que Howard apartara la atención de mi madre.

–¿En serio estás coqueteando con Edward? –le pregunté en tono incrédulo–. ¿Qué demonios te pasa, Madison?

Ella me miró con su perfectos labios formando una O, y retiró la mano como si se la hubiera quemado.

–¡No estaba coqueteando con él? ¡Estoy comprometida! –se volvió hacia su novio con una expresión cariñosa–. Estoy enamorada de Jason.

–¿De verdad? ¿Acaso sabes lo que significa estar enamorada?

–¡Claro que lo sé! ¡Estamos comprometidos!

–¿Y qué? ¡Has estado comprometida cinco veces!

–¿Ah, sí? –preguntó Edward, mirándome con regocijo.

–¿Cinco? –murmuró Jason con voz ahogada.

–¡Estás loca! –me espetó Madison, furiosa e indignada, pero volvió a suavizar su expresión ante las miradas de los dos hombres–. Eso no es verdad.

–¿No? Veamos –ladeé pensativamente la cabeza–. Con aquel rockero punk al que conociste en Hollywood Boulevard...

–¿A eso lo llamas un compromiso? –miró a los dos hombres y se echó a reír–. ¡Tenía quince años! Aquello solo duró seis días.

–Pero Rhiannon no volvió a hablarte.

–Él no la quería, me quería a mí. Ella debería haberlo aceptado.

–Sí. Él te quería. Durante seis días, hasta que se fue a tocar a Las Vegas. Por aquel hombre perdiste a tu amiga de la infancia –arqueé una ceja–. ¿Cuántos amigos te quedan, Maddy?

Mi hermanastra echaba fuego por los ojos.

–¡Tengo muchos amigos!

–Amigos... Gente que te adula y que se ríe con tus patéticos chistes solo porque necesitan algo de ti. ¿De verdad los consideras amigos? ¿No sería mejor llamarlos empleados?

–¡Cállate!

Agarré el tenedor y me puse a aplastar distraídamente las patatas.

–Y luego, con dieciséis años, fue aquel tipo que nos limpiaba la piscina...

–Aquello no fue un compromiso. ¡Fue un grito pidiendo ayuda!

–Claro –le sonreí forzadamente–. Querías recibir la atención de Howard, quien pasaba demasiado tiempo junto al lecho de muerte de mi madre.

–Me haces parecer una egoísta, pero aquella situación duraba meses. ¡Una chica necesita a su padre!

La crueldad de sus palabras me dejó sin aliento. Sí, mi madre había tardado muchos meses en morir, luchando valerosamente contra su enfermedad aun cuando no había ninguna esperanza. Meses en los que mi madre, cada vez más débil, seguía intentando cuidar de todos, incluida Madison.

–Lo sé. Yo estaba allí –me agarré otro dedo–. El tercer compromiso. Con mi agente.

–¿Tu agente? –repitió Edward, sorprendido.

–Sí, nos conocimos en la fiesta que celebró Howard al concluir un rodaje. Yo tenía casi diecisiete años y actué en un culebrón durante seis meses, hasta que mi madre se puso enferma.

–¿Actuaste en una serie de televisión?

–Lo dejé para quedarme en casa con ella –y lo había hecho sin remordimientos. Echaba de menos a mis amigos y el tutor no podía compensar la falta de vida escolar. Me sentía terriblemente sola–. No volví a intentarlo hasta meses después, cuando mi agente me envió un guion. Quería que protagonizara una serie para niños. Mi madre me convenció para que me presentara a la prueba, pero cuando iba hacia allí recibí un mensaje de Howard diciendo que mi madre había sufrido un ataque al corazón. En aquella ocasión pudo contarlo, pero cuando dos días después fui al casting ya le habían dado el papel a otra persona –me giré para mirar a Madison–. *Moxie Mc-Socksie* te lanzó al estrellato.

–¿*Moxie* qué? –preguntó Edward con el ceño fruncido.

–Moxie, ya sabes. Estudiante durante el día, intrépida reportera por la noche. Tuvo un éxito tremendo.

–*Moxie Mc...* –se volvió hacia Madison con los ojos muy abiertos–. Ahora lo recuerdo. Tu cara estuvo meses en los autobuses cuando la serie llegó a Londres. Fue tu gran oportunidad, ¿no? Te hizo rica y famosa.

Madison nos miró enmudecida a los tres, pero enseguida reaccionó y golpeó la mesa con las manos.

–¡Me merecía el papel más que nadie! –gritó–. ¡Había estado haciendo anuncios desde que era un bebé! ¡Yo era la actriz, no tú! Y tú tenías dieciocho años, Diana. Eras demasiado mayor para el papel.

–¿Comparada contigo?

–Yo tenía diecisiete, ¡era la edad perfecta!

–¿La edad perfecta para comprometerte con mi agente? En cuanto supiste lo del casting fuiste a por él. Sabías que podía conseguirte el papel y mucho más. Podía conseguirte la carrera que anhelabas.

–Lo dices como si hubiera hecho algo despreciable –se llevó la mano al pecho y soltó una risa falsa–. ¡No fue así!

–¿No? –pregunté fríamente–. ¿No lo sedujiste para que te aceptara como cliente y te abriera las puertas de la serie?

–¡Estás celosa! No es culpa mía que volvieras a casa sin hacer la prueba. Al día siguiente, cuando estaba con Lenny, me di cuenta de que yo era la Moxie perfecta. ¡Eso fue todo!

–Lenny tenía cincuenta años.

–¡Y yo lo amaba!

–Lo dejaste en cuanto te consiguió tu primer papel en una película. Descubriste que salir con un famoso director de Hollywood te ayudaría más en tu carrera, y no te importó que él tuviera que romper con su mujer para estar contigo.

–Ya basta –dijo Jason, levantándose de la mesa con un rostro que parecía esculpido en granito–. De modo que soy el quinto, ¿no?

–Tú eres diferente –susurró Madison–. Eres especial.

–No me siento especial –Jason me miró–. Empiezo a pensar que me equivoqué de hermana.

Madison hizo una mueca de espanto.

–Jason...

–Toma –él se sacó las llaves del coche del bolsillo y las arrojó sobre la mesa–. Me llevo un coche a Londres. Te dejaré las llaves en la recepción del hotel.

–¡Espera! –exclamó Madison con desesperación mientras se levantaba–. No puedes irte. Te necesito...

Jason abandonó el comedor sin mirar atrás y Madison se hundió en la silla.

–¿Significa esto que la boda se ha cancelado? –preguntó Edward tranquilamente.

Ella lo ignoró y se giró hacia mí.

–Diana, he hecho muchas cosas estúpidas y egoístas, pero nunca me imaginé que tú las superarías todas.

La rabia y la indignación me abandonaron justo cuando más las necesitaba. Me puse en pie.

–Nunca me imaginé que me atacarías como lo has hecho –sus ojos destellaban a la luz de las velas y tenía la voz trabada–. Tú no eres mi hermana mayor. Eres igual que los demás.

Se me cerró la garganta al recordar cómo nos conocimos. Fue en la boda de nuestros padres, dos chicas demasiado mayores para portar las flores y que no sabían muy bien cómo tratarse. Mi madre me había contado que la madre de Madison había muerto de sobredosis cuando ella era un bebé, y me advirtió que fuera muy simpática con ella.

Y yo lo había hecho. Al verla tan triste y asustada, había sentido el instinto de protegerla. «Ahora somos una familia», le había dicho mientras la abrazaba sobre las flores. «Voy a ser tu hermana mayor, Maddy. Yo cuidaré de ti».

–Maddy...

–Déjalo –me espetó ella, y salió del comedor envuelta en una nube de dolor y perfume, llamando a Jason y después a sus guardaespaldas.

El comedor se quedó en silencio. Solo se oía el viento ululando contra las ventanas.

–Me preguntaba cómo sería si te permitieras ser tú misma –dijo Edward finalmente–. Y ahora ya lo sé.

Un sollozo subió por mi garganta. Mis rodillas cedieron y habría caído al suelo de no ser por Edward, quien se movió a una velocidad asombrosa para sostenerme a tiempo.

–Soy odiosa.

–Has estado magnífica –me dijo con voz suave mientras me apartaba el pelo de la cara.

–¿Magnífica? –solté una amarga carcajada–. Le dije que siempre cuidaría de ella –respondí con un hilo de voz–, y mira cómo la he tratado. Siempre la he culpado por conseguir el papel que podría haberme convertido en una estrella, pero ella tenía razón. Yo tuve la oportunidad de hacer la prueba y en vez de eso me fui a casa.

–Para estar con tu madre.

–Fue una decisión mía –me sequé los ojos con la

mano–. Después de perder a mis padres y el papel de Moxie, me juré que nadie volvería a destrozarme el corazón. No fue culpa de Madison que me pasara los diez años siguientes escondiéndome y huyendo de los sentimientos.

–Hasta que te enamoraste de Jason.

¿Había sido Jason la excepción o solo otra prueba de que había tomado el camino seguro? Era una duda nueva e inquietante.

–No fue culpa de Madison –insistí, mirando a Edward con los ojos llenos de lágrimas–. Fue culpa mía. Yo elegí ser una cobarde. Y al ir siempre sobre seguro me he arruinado la vida.

–Tu vida aún no ha acabado –nuestras miradas se encontraron en el comedor en penumbra–. Tengo una isla privada en el Caribe. Es el lugar idóneo para un corazón roto. Estuve allí después del accidente, cuando necesitaba estar solo –sonrió–. Bueno, con la compañía de un médico y dos enfermeras. Allí nadie podrá encontrarte, Diana. No hay Internet ni teléfono, y solo se puede llegar en mi avión –se enrolló un mechón de mis cabellos en el dedo–. ¿Quieres ir?

Intenté sonreírle, pero no lo conseguí.

–Gracias, pero no me serviría de nada –bajé la mirada a mis manos–. No puedo escapar de mí misma.

Edward me puso una mano bajo la barbilla y me obligó a mirarlo. Sus ojos brillaban con destellos plateados y zafíreos, como un cielo despejado al alba.

–Lo entiendo. Mejor de lo que crees.

Mi mano le acarició sus negros y revueltos cabellos como si tuviera voluntad propia. Eran espesos y suaves, como me había imaginado. La sombra de una barba incipiente oscurecía su recia mandíbula. Todo en él me resultaba increíblemente varonil y extraño.

–¿Por qué eres tan bueno conmigo?

Me dedicó una sonrisa torcida.

—A lo mejor solo estoy intentando llevarte a la cama —me acarició la mejilla—. ¿No lo habías pensado?

Solté una carcajada trabada por el hipo.

—No te hará falta esforzarte mucho.

Su mano se detuvo en mi mejilla y su expresión cambió. Me sujetó la cara entre sus grandes manos y descendió hasta mi boca, muy lentamente. Podría haberme apartado, pero no lo hice. Me quedé inmóvil y con la respiración contenida.

Entonces sus labios tocaron los míos y solté un profundo suspiro. Sus labios eran exquisitamente suaves, dulces y cálidos. Hizo que me inclinara hacia delante y que le rodeara los hombros con mis brazos. Me sostuvo con fuerza y el mundo empezó a dar vueltas a nuestro alrededor...

Había visto lo peor de mí y aun así me deseaba.

Su beso se hizo más intenso, más ávido y exigente. Apreté su recio cuerpo contra el mío, como una mujer buscando refugio bajo una tormenta. Una vocecita me gritaba que me detuviera desde el fondo de mi mente, diciéndome que me encaminaba a mi perdición. Pero la desoí y besé a Edward con toda la pasión que ardía en mis venas.

Estaba harta de ser prudente.

Edward emitió un gruñido ronco, me levantó en sus brazos y me llevó hacia la escalera. Acurrucada contra su pecho y medio cegada por el deseo, contemplé maravillada su atractivo rostro mientras me transportaba como si no pesara más que una pluma.

Edward St. Cyr me estaba llevando a su cama. En unos momentos perdería mi virginidad a manos de aquel mujeriego implacable y rompecorazones.

Pero Edward era mucho más que eso.

Le acaricié la mejilla, deleitándome con la aspereza

de su piel y el cosquilleo de su barba incipiente. Era tan fuerte y varonil... tan distinto a mí en todos los sentidos...

Y, sin embargo, aquella noche sentía que no éramos tan diferentes. Edward me entendía mejor que nadie. Había reconocido en mí a la chica asustada que era y a la mujer atrevida que quería ser.

Su dormitorio estaba a oscuras y apenas se distinguían los muebles oscuros y espartanos que se alineaban en las paredes. Una gran cama blanca ocupaba el centro, iluminada por la luz que la luna proyectaba a través de la ventana, como un foco plateado. Edward cerró con el pie y me dejó suavemente en la cama. Lo miré, sobrecogida. Tenía veintiocho años, pero me sentía tan inocente como una colegiala.

Edward se quitó la corbata, la dejó caer al suelo laqueado en negro y avanzó hacia la cama.

Y empecé a temblar.

Los rayos de luna iluminaban la cama a mi alrededor mientras Edward entrelazaba sus fuertes manos en mis cabellos. Me quitó la cinta y me besó, al principio con delicadeza, pero luego me hizo separar los labios para invadirme con su lengua. Apreté la cabeza contra la almohada, exponiéndole mi cuello para que me prodigara un reguero de besos, colmándome de sensaciones nuevas y arrancándome suaves gemidos.

—No te quiero —murmuré. ¿Se lo decía a él o a mí misma?

—No —sus azules ojos destellaron—. Me deseas. Dilo.

—Te deseo —mi voz era casi inaudible.

—Más alto.

Alcé la mirada.

—Te deseo.

Mi voz se había vuelto más fuerte. Intrépida y peligrosa. Edward me miró con una intensidad que me dejó sin aliento.

–Y yo a ti –me hundió en los mullidos almohadones blancos y me acarició lentamente, con un tacto tan ligero como una pluma y tan ardiente como el aire del desierto.

Apenas sentí sus dedos en mi blusa. Me la desabrochó sin que me diera cuenta y no pude evitar pensar que tenía mucha experiencia. Me levantó y la blusa salió volando, dejando al descubierto mi sujetador azul de seda.

Era mi único sujetador bonito y había decidido ponérmelo precisamente aquel día. ¿Por qué? ¿Una mera coincidencia o en el fondo había sabido que la noche acabaría así?

–Eres preciosa –susurró él, deslizando las manos sobre mi piel desnuda–. Me estabas volviendo loco...

–Tú a mí también –admití. Los dos habíamos sufrido en soledad las profundas heridas que nosotros mismos nos habíamos causado. Pero en aquel momento ya no sentía la soledad. Estábamos juntos. La emoción me desbordaba y ansiaba tocarlo.

Tiré de él hacia abajo, anhelando sentir su peso encima de mí. Oí su gruñido agradecido y lo besé con pasión mientras intentaba desabotonarle la camisa con dedos torpes y temblorosos.

–Déjalo –dijo él, poniendo sus manos sobre las mías. Temí que hubiera cambiado de opinión, pero lo que hizo fue desabrocharse la camisa él mismo, mucho más rápido que yo.

Se levantó de la cama y dejó caer la carísima camisa a medida al suelo. Me sobrecogí al verlo desnudo de cintura para arriba, iluminado por la luna. Ya había visto antes su cuerpo, durante los masajes y cuando lo llevaba a nadar. Pero era la primera vez que lo veía sabiendo que muy pronto sentiría el roce de su piel desnuda.

Sin dejar de mirarme a los ojos, se desabrochó los pantalones y se los bajó junto a sus boxers de seda. Una exclamación ahogada escapó de mi garganta al verlo desnudo delante de mí. Aquella mañana también había estado desnudo en el gimnasio, pero yo no me había atrevido a mirar. Me puse colorada e intenté desviar la mirada, pero él me la sostuvo, desafiante. Respiré hondo y contemplé su cuerpo desnudo.

Edward no parecía sentir el menor pudor de exhibirse ante mí, dándome tiempo para asimilar lo que veía. Sus hombros eran anchos y una capa de vello oscuro descendía en forma de V desde sus amplios pectorales hasta la cintura. Sus piernas eran musculosas como las de un guerrero, y al cambiar su peso de un pie a otro se movió con la elegancia de un atleta. ¿Qué maravillas encontraría si me atrevía a mirar su entrepierna? Mi valor no llegaba a tanto...

Era fuerte y poderoso. Estaba curado. Pero las heridas le habían dejado cicatrices por todo el cuerpo. Las marcas en el torso donde se había roto las costillas, líneas blancas que atravesaban su piel aceitunada y otras marcas parecidas en el brazo y el hombro derecho y la pierna izquierda, como una telaraña de recuerdos que el cuerpo podía aceptar, pero no olvidar.

«Los hombres se aprovechan de la ternura y debilidad que caracteriza el corazón de una mujer», advertía Warreldy-Gribbley. «Te llevará a la cama usando tu propio corazón contra ti».

Me giré y cerré los ojos. El colchón se movió bajo mi peso, y un segundo después sentí que Edward se acercaba.

–¿Qué ocurre?

–Esto no está bien. Eres mi paciente.

–Y eso no está bien, en efecto –corroboró él. Abrí los ojos y lo vi mirándome con un brillo en la mirada–. Estás despedida, señorita Maywood. Con efecto inmediato.

–¿Me estás despidiendo?

–Tú misma lo has dicho. Ya no necesito una fisiote-rapeuta. Lo que necesito... –me acarició entre los pe-chos– es una amante.

«Amante». Sonaba tan erótico y sugerente que me estremecí al oírlo.

–¿Quieres que sea tu novia? –pregunté con voz aho-gada.

–No –se rio–. Mi novia no. Solo mi amiga. Y mi amante. Hasta que los dos lo disfrutemos –agachó la ca-beza y me besó el vientre desnudo, provocándome unas cosquillas deliciosas alrededor del ombligo–. Esto no es un compromiso. No va a haber rosas ni bombones, ni voy a pedirte que me presentes a tu familia –entornó la mirada–. No soy esa clase de hombre. Solo me preo-cupo por mí mismo y espero que tú seas igual –sonrió–. Sé que no tardarás en volver con Jason Black.

–Yo no...

–No importa –me cortó él–. No espero que te quedes conmigo para siempre. Y así es mejor –dijo con un tono ligero–. No querría acostumbrarme demasiado a ti.

«No te hagas ilusiones con el final que te espera», advertía Warreldy-Gribbley. «Si te olvidas de quién eres y permites que él te seduzca...».

Pero no quería pensar más en la señora Warreldy-Gribbley. Había escrito el libro en 1910. ¿Qué sabía ella? Cerré el libro en mi cabeza y lo guardé bajo llave en el fondo de mi mente.

–Me alegra saberlo –le dije a Edward con una son-risa–. Yo tampoco querría acostumbrarme a ti. Aún tengo que hacer muchas cosas en la vida.

–¿Sí? –preguntó, divertido. Se acercó y se detuvo a escasos centímetros de mi cara. El corazón me latía des-bocado al contemplar de cerca su atractivo rostro a la luz de la luna–. Sí, creo que sí. Estás destinada a hacer grandes cosas en la vida, Diana. Empezando por esta noche...

Me besó y me recorrió el cuerpo con las manos, despojándome lentamente de la falda y las medias de algodón. Me desabrochó el sujetador con una facilidad increíble, como si le hubiera bastado con mirarlo. Dejó caer la ligera prenda azul y me agarró los pechos. Yo ahogué un gemido, muy tensa, y él se apartó con una maldición.

–Había olvidado que eras virgen –sacudió la cabeza, disgustado–. De modo que te lo dejaré muy claro una vez más. Esto es todo lo que puedo darte. Ni matrimonio ni hijos. Solo.. esto –me besó y descendió con los labios por mi cuello. Me apretó ligeramente los pechos y agachó la cabeza muy despacio hacia un endurecido pezón. Pero se detuvo en el último momento y volvió a mirarme–. ¿Estás de acuerdo?

Mientras hablaba, me acariciaba el pezón con sus labios y su aliento, haciéndome estremecer de placer y deseo.

Me estaba ofreciendo sexo sin ataduras. Nada de matrimonio ni hijos. Ni siquiera amor.

¿Y qué?, pensé. ¿Adónde me había llevado el amor? A acabar con el corazón roto.

Aquello era mucho mejor que el amor.

–Sí.

Capítulo 4

SENTÍ su enorme dureza entre mis piernas, frotándose contra la parte baja de mi vientre mientras se movía pegado a mí. Su lengua giraba en torno a la mía y recorría los recovecos de mi boca, antes de descender por mi cuello hacia los pechos. Me los apretó con las manos e introdujo la lengua entre ellos, arrancándome un grito ahogado. Siguió bajando, lentamente, abrasándome la piel con su aliento. Llegó a mi vientre y... de repente volvió a subir y me succionó el lóbulo de una oreja. Mis pezones estaban tan duros que casi me escocían al sentir el roce de su musculoso pecho. Pasó a la otra oreja sin dejar de mover sus caderas contra las mías.

—Me estás torturando —lo acusé, jadeante.

—Sí —sonrió sin despegar la boca de mi cuello—. Quiero hacerte llorar.

Muy lentamente, me levantó una mano, me besó la palma y empezó a succionar mis dedos, uno por uno.

Hasta ese momento no me había imaginado que los dedos pudieran ser zonas erógenas, pero el calor de su boca y el tirón de sus dientes me hizo enloquecer de placer, sobre todo cuando repitió el proceso con la otra mano.

Entonces comenzó a descender de nuevo y sentí sus labios y su lengua alrededor de mis pezones. Cerré los ojos y me aferré a la colcha.

Con una lentitud deliberadamente cruel, continuó el

descenso por mi cuerpo desnudo y tembloroso. Abrí los ojos al sentir sus manos sobre las caderas y los muslos, y ahogué un gemido cuando me acarició el vello púbico como una pluma.

—Espera —me dijo, levantando perezosamente la cabeza.

A continuación, me lamió el ombligo y siguió bajando.

Más y más abajo. Al sentir su aliento entre mis piernas, no pude contener un grito. Lo agarré por los hombros y eché la cabeza hacia atrás.

Pero él me hizo esperar. Siguió bajando por mis piernas, hasta llegar a mis pies. Me separó las rodillas y me masajeó las plantas, provocándome otra clase de placer por todo el cuerpo. Me acarició las pantorrillas y me besó las corvas, antes de separarme los muslos del todo. Yo respiraba con dificultad, agarrada a la colcha. Sentí el aliento en la cara interna de los muslos. Intenté liberarme, a pesar de desearlo desesperadamente, pero él me sujetó con fuerza y agachó la cabeza, muy, muy despacio, mientras yo esperaba con la respiración contenida.

Solté un grito ahogado al sentir la punta de su lengua, húmeda y ardiente. Él se detuvo y volvió a lamerme, esa vez con toda la lengua. Me retorcí angustiosamente, pero él me obligó a aceptar el placer.

—Por favor —le supliqué, sin saber lo que estaba diciendo—. Por favor...

Él se rio y siguió torturándome. Primero me lamió en círculos con la punta de la lengua y luego me introdujo un dedo. Y otro. Contuve la respiración mientras me dilataba la abertura con sus gruesos dedos y me hacía arder con su lengua.

No podía pensar ni escapar, y casi ni respirar. Lo único que quería era que acabase aquel tormento. Nunca había imaginado que el placer y el dolor pudieran ser tan parecidos, tan intensos...

Oí un grito de una voz desconocida, y tardé en darme cuenta de que era la mía. Una explosión estalló tras mis párpados cerrados y salí disparada hacia las estrellas.

Mientras intentaba recuperar el aliento, Edward se posicionó entre mis piernas y con las manos a cada lado de mis caderas, y con una sola embestida, rápida y certera, se introdujo en mí y me desgarró con un dolor intenso y lacerante.

Mi primera reacción fue empujarlo e intentar detener el dolor, pero él permaneció dentro de mí y esperó a que dejara de luchar para empezar a moverse. Se retiró y volvió a empujar, mucho más despacio, dándome tiempo para que me acostumbrara a su tamaño. Su enorme miembro me llenaba y estiraba las paredes de mi sexo, centímetro a centímetro, y la neblina roja inicial se hizo naranja, luego rosa y finalmente dorada como las efervescentes burbujas del champán. Y mi cuerpo, que se había quedado brevemente inactivo, empezó a acelerarse de nuevo. Él también aceleró el ritmo, agarrándome con fuerza por las caderas, empujando hasta el fondo, llevándome hasta el límite y... De pronto se detuvo, maldijo en voz alta y se retiró. Al mirarlo a la luz de la luna, vi que estaba colocándose un preservativo en su impresionante miembro.

—Es la primera vez que se me olvida —murmuró con voz grave.

Se me secó la garganta.

—¿Es posible que...?

—Tranquila —me besó apasionadamente y a mí se me olvidó hasta mi propio nombre—. Mírame.

Así lo hice. Nuestras miradas se sostuvieron mientras volvía a penetrarme, pero a medida que crecía el placer se me empezaron a cerrar los ojos.

–Mírame –repitió él con dureza.

Obedecí en contra de mi voluntad, sintiendo el inexorable avance de Edward. Entonces me agarró las caderas y me penetró sin la menor suavidad, haciendo que mis pechos se bambolearan al contacto de nuestros sudorosos cuerpos. Volvió a empujar, hasta el fondo, y algo dentro de mí prendió y se propagó como un fuego descontrolado, consumiéndome imparablemente hasta explotar en mil colores y desatando un torrente de placer líquido. Grité y también lo hizo él, empujando una última vez antes de desplomarse sobre mí.

Lo abracé a la luz de la luna y cerré los ojos, apretando contra mi cuerpo a aquel gigantón que me había colmado de un placer insospechado y que se había quedado tan manso y debilitado como un gatito.

Nunca me había imaginado que el sexo fuera así. Nunca.

–¿Lo ves? –me besó el cuello, todavía jadeando. Su voz estaba cargada de satisfacción masculina–. Te lo dije.

–¿El qué? –murmuré, abrazándolo con todas mis fuerzas.

–Que te haría llorar.

Sorprendida, me toqué la cara y descubrí que tenía razón. Me había hecho llorar.

Era la primera vez.

No sería la última.

Los rayos de sol iluminaban el dormitorio cuando Edward me despertó con un beso.

–Buenos días.

–Buenos días –lo saludé tímidamente con un bostezo. Seguíamos estando desnudos y entrelazados, y yo sentía un maravilloso escozor en mis partes más íntimas.

Habíamos hecho el amor tres veces. Después de la primera vez nos habíamos quedado dormidos el uno en brazos del otro, hasta que nos despertamos a medianoche con un apetito voraz. Nos pusimos las batas y bajamos a la cocina como dos jóvenes actuando a escondidas.

Antes de que me diera cuenta, me había metido la mano bajo la bata de seda y me estaba penetrando contra la pared de la cocina. El peligro de que nos sorprendiera la señora MacWhirter o cualquier otro criado no hacía sino avivar la emoción y el placer. Empotrada contra la pared, lo rodeé con mis piernas y recibí sus furiosas acometidas intentando sofocar los gritos.

Después de zamparnos unos sándwiches y un trozo de tarta a oscuras volvimos al dormitorio, riéndonos en voz baja. Estábamos tan sudorosos que decidimos darnos una ducha. Y bajo el agua volvimos a hacerlo. Edward me estaba enjabonando el pelo y yo, de puntillas, intentaba hacer lo mismo con el suyo. Él me puso un poco de espuma en la nariz y yo lo castigué con un fuerte cachete en sus duras nalgas. Dos segundos después me estaba haciendo el amor contra la mampara de vidrio y susurrándome palabras subidas de tono al oído.

Me estremecí al recordarlo, y más aún cuando vi la expresión hambrienta con que Edward me miraba. Mi cuerpo respondió de inmediato. Estaba tan mojada como si no me hubiera colmado la noche de orgasmos.

Pero a diferencia de las veces anteriores, salvajemente frenéticas, a la luz de la mañana Edward se mostró mucho más delicado. Yo estaba tan sorprendida como encantada de que no pudiera saciarse conmigo. Le clavé las uñas en la espalda y no tardamos en alcanzar de nuevo el clímax.

Después me abrazó y me besó en la frente.

—¿Qué me estás haciendo? —murmuró, y yo sentí que se me henchía de gozo el corazón . Cerré los ojos y pegué la mejilla a su pecho. Por primera vez en mi vida no pensaba en el pasado ni el futuro. Estaba exactamente donde quería estar.

Cuando volvimos a despertarnos ya eran más de las doce del mediodía.

—Buenas tardes —me susurró con una sonrisa.

—Buenas tardes —suspiré y me estiré—. Odio tener que levantarme.

—Pues no lo hagas.

—Tengo hambre. Y tengo que hacer el equipaje.

—¿El equipaje? —frunció el ceño—. ¿Para qué?

—Para irme a casa.

—¿Te marchas? —parecía tan indignado que me eché a reír.

—Me has despedido, ¿recuerdas?

—Ah, sí —se relajó y pensó un momento—. «Despedido» es una palabra muy fuerte. Sería más apropiado decir «declararte excedente». Ayer, mientras estabas paseando, hice que mi secretaria te transfiriera a tu cuenta el salario de todo un año.

—¿Qué?

—Deberías prestar más atención a tus cuentas bancarias.

—Tienes razón. Bueno, pues... Gracias. Ahora me voy a hacer el equipaje y...

—No te vayas —me agarró por la muñeca—. Quiero que te quedes. Al menos hasta Año Nuevo. No como mi empleada, sino como mi...

—Sí —acepté sin dejarlo terminar.

–¿Y si hubiera dicho «como mi esclava»?

Le sonreí.

–Definitivamente sí.

–Gracias a Dios –me apartó los mechones de la cara–. Una última semana de vacaciones antes de volver a Londres.

Me rugió el estómago. Me levanté y caminé desnuda hasta donde estaba mi bata.

–¿Qué hay tan importante en Londres?

–Mi trabajo. He estado ausente mucho tiempo. Mi primo Rupert está intentando convencer a los accionistas de que debería ocupar mi puesto.

–Parece un granuja de cuidado.

–Es un St. Cyr.

–Entonces, definitivamente lo es –bromeé, pero él no sonrió–. De todas formas, ¿por qué debería importarte?

–¿Qué quieres decir?

–Eres multimillonario. Supongo que ser director de la empresa familiar fue una especie de título honorífico, ya me entiendes...

–¿Como una sinecura que se cobra por no hacer nada?

–No pretendía ofenderte, pero no parece que estés ansioso por volver al trabajo. Si no necesitas el dinero no hay nada que te obligue a hacerlo, ¿verdad?

–St. Cyr Global fue fundada por mi bisabuelo. Yo soy el principal accionista y tengo una responsabilidad que cumplir.

–Entiendo –dije, pero en realidad no lo entendía.

–Vamos a desayunar.

Un momento después, estábamos en una bonita habitación con una alfombra rosa, empapelado de chintz en las paredes y grandes ventanales que daban al jardín y el mar. Un fuego ardía en la chimenea.

–¿De quién es esta habitación? No me creo que la hayas diseñado tú.

–Era de mi madre –respondió él secamente.

–¿Viene a menudo?

–Murió el año pasado.

–Oh... Lo siento mucho.

–No te preocupes. Por lo que a mí respecta, hace mucho que murió. Se marchó con un jugador de polo argentino cuando yo tenía diez años.

No supe qué decir.

–Mi padre siempre estaba trabajando y de viaje por el extranjero. Y cuando estaba en casa era insoportable –me dedicó una amarga sonrisa–. El típico rasgo de los St. Cyr.

Se me encogió el corazón al pensar en un niño de diez años al que abandonaba su madre. Mis padres habían muerto, pero yo nunca había tenido ninguna duda sobre su amor.

–¿Cómo se puede ser tan egoísta? –pregunté, furiosa.

La expresión de Edward se heló. Se apartó y llevó un sillón delante del fuego.

–No fue tan horrible.

–¿Cómo que no? –me senté en el sillón a juego al otro lado de la mesa–. ¿No te parece horrible que tu madre te abandonara y te dejara con un padre arisco e irresponsable?

–Bueno, me habría gustado que mi madre me contase la verdad desde el principio. El día que se marchó a Buenos Aires se puso a llorar y me dijo que estaba rompiendo con mi padre, no conmigo. Me prometió que siempre sería mi madre y que los dos seguiríamos siendo una familia –desvió la mirada–. Pero, al cabo de un año, sus cartas y sus llamadas empezaron a disminuir y dejó de pedirme que fuera a Argentina por Navidad. Aunque mi padre tampoco lo hubiera permitido.

–¿Tu padre quería pasar la Navidad contigo?

Edward negó con la cabeza.

–Se fue a pasar la Navidad a Mustique con su amante de turno, pero odiaba a mi madre y no quería ponerle las cosas fáciles. Además, el novio de mi madre no me quería en su casa. Solo la quería a ella.

–Tuvo que ser muy duro...

–Cuando tenía catorce años, mi madre tuvo otro hijo y rompió todo contacto conmigo. Era más fácil para ella olvidarse de mí –se rio–. Todo eso ocurrió hace mucho, pero me habría gustado que mi madre hubiese sido sincera desde el principio en vez de darme falsas esperanzas.

–Lo siento mucho –murmuré, odiando a aquellas aborrecibles personas–. ¿Quién se ocupó de ti?

–El personal doméstico, sobre todo la señora MacWhirter y el jardinero. Pero no por mucho tiempo. A los doce años me mandaron a un internado.

–¿Con doce años?

–Me vino muy bien para fortalecer el carácter y todo eso –suspiró–. Claro que echaba de menos este lugar. Fantaseaba con volver haciendo autostop para que el jardinero me llevara a pescar. También me enseñó a jugar al béisbol y a hacer nudos marineros. El viejo Gavin era genial. Pero sus hijos se habían marchado en busca de trabajo y echaba de menos a sus nietos. Le prometí que si esperaba a que yo creciera construiría una fábrica de artículos de aventura cerca de Penryth Hall para que todo el mundo tuviera trabajo.

–¿Artículos de aventura?

–Dardos, tirachinas y canoas. Solo tenía diez años.

–¿Y llegaste a construirla?

–No. El viejo Gavin emigró a Canadá para estar con su hija. Meses después me mandaron al internado. Él no cumplió su promesa, de modo que yo tampoco tenía por qué cumplir la mía.

–Oh, Edward... –quería agarrarlo de la mano, pero él no aceptaría mi consuelo.

–No pasa nada. Tuve suerte. Aprendí a no confiar en nadie y a no hacer promesas que no podía mantener.

La señora MacWhirter entró en la sala seguida por una criada, las dos portando bandejas. Edward le sonrió al ama de llaves, y yo me di cuenta de que aquella anciana mujer, por huraña que fuese, era lo más parecido a una familia que él tenía. Nos sirvió el té y el café y dispuso ante nosotros un opíparo desayuno a base de huevos, tostadas, judías, tomates y beicon. Comimos en silencio junto al fuego, hasta que nuestras miradas se encontraron.

–No te culpo por no querer depender de nadie –le dije en tono suave–. La gente miente, o prefieren a otra persona o se marchan a Canadá. Te abandonan aunque no quieran hacerlo, aunque te quieran –hice una pausa–. Y mueren.

Durante unos largos segundos solo se oyó el crepitar del fuego.

–¿No vas a contradecirme? –preguntó él. Yo negué con la cabeza–. Qué curioso. Casi todas las mujeres me acusan de no tener corazón.

Pensé en mi bondadoso padre, un profesor que murió en un accidente cuando yo estaba en tercero, y en mi madre, quien llenó mi vida de luz y color antes de caer enferma. Ninguno de los dos decidió abandonarme, pero no tuvieron elección.

–Puede que tengas razón –dije en voz baja–. Las promesas no sirven de nada. Lo que importa es el presente.

Me agarró la mano sobre la mesa.

—Pero, si vivimos el presente como se merece, no hace falta nada más.

El aire se cargó de electricidad y yo me puse a temblar. Él empezó a acercarse lentamente, pero el carraspeo de la señora MacWhirter desde la puerta nos detuvo a tiempo.

—Siento molestar, señor, pero quería decirle que estoy lista para marcharme. El resto del personal ya se ha marchado.

—Muy bien. Espero que pases unas buenas vacaciones.

—Por supuesto, señor. El personal quería que le diera las gracias por la paga extra de Navidad. Siempre es usted muy generoso, pero este año se ha excedido. Casi me desmayo al abrir el sobre.

—Es lo menos que os merecéis por aguantarme. Sobre todo estos últimos meses.

—No ha sido tan horrible, teniendo en cuenta por todo lo que ha pasado... —la señora MacWhirter dudó—. En realidad, no tengo por qué ir a Escocia. Podría quedarme aquí si me necesita.

—No digas tonterías —le espetó él—. Llevas meses hablando de visitar a tu hermana.

—Pero en su estado... ¿quién cuidará de usted?

—La señorita Maywood.

El ama de llaves me miró con suspicacia.

—¿En la cocina también?

—En la cocina y en todas las demás cosas —corroboró él con voz grave.

Menos mal que no me miró, porque yo apenas podía contener la risa.

—En ese caso... me marcho —dijo ella con aparente alivio—. Feliz Navidad, señor St. Cyr, señorita Maywood. Cuide de él —añadió con un brillo en los ojos.

—Lo haré —le prometí. Le había tomado cariño al ama

de llaves, sabiendo que había cuidado de Edward desde que era niño.

Y cumplí mi promesa con creces. La semana de Navidad me esmeré al máximo en cuidar a Edward y él hizo lo mismo conmigo. Nos acurrucábamos en las habitaciones más cálidas de Penryth Hall, encendíamos un fuego con un tronco navideño y contemplábamos la nieve por las ventanas.

Tuvimos sexo un día sí y otro también. Y entretanto brindamos con champán, abrimos los petardos de Navidad, nos pusimos coronas de papel y nos zampamos un ganso que nosotros mismos preparamos.

Nos pasamos casi toda la semana desnudos. Estando los dos solos no había necesidad de vestirse, y a Edward le gustaba mirarme. De modo que encendimos todas las chimeneas posibles. La mañana de Navidad hicimos el amor bajo el árbol, y fue tan apoteósico que en el momento culminante las bolas y los espumillones cayeron sobre la cabeza de Edward.

Pero en Nochevieja, mientras el resto del mundo aguardaba con emoción la entrada en el nuevo año, yo sentía una creciente tristeza al pensar que nuestro tiempo se estaba acabando. Intenté ignorar la sensación y me dije que debería estar agradecida por las mágicas semanas que habíamos compartido. Pero el desánimo era cada vez más fuerte. Muy pronto, Edward volvería a Londres a pasarse el día en un trabajo que no le gustaba, y yo volvería a California a enfrentarme al escándalo que había dejado atrás y ver si tenía el coraje de volver a actuar. Solo de pensarlo me entraban ganas de cubrirme la cabeza con una almohada. Y en cuanto a la perspectiva de no ver nunca más a Edward...

Estábamos sentados en el estudio, a una mesa plegable que habíamos colocado frente a la chimenea, y llevábamos una hora jugando al strip póquer. Caesar estaba tendido en una alfombra a nuestro lado, sin prestarnos la menor atención. Yo estaba medio desnuda en mi silla, con las bragas, el sujetador, las medias y la corbata de Edward. A él, en cambio, solo le quedaban los boxers y sudaba abundantemente.

—¿Dónde has aprendido a jugar así? —preguntó, mirando enfurecido sus cartas.

—Madison me enseñó.

—Debería habérmelo imaginado.

Miré mis cartas. No eran especialmente buenas, pero gracias a la confianza que mostraba, y a la escalera de color que había tenido en la mano anterior, Edward ya daba la partida por perdida. Solo un milagro podría salvarlo. Madison me había enseñado a tirarme un buen farol.

Madison. La echaba de menos, a pesar de todo. Había llamado a mi padrastro en Navidad, al set de rodaje de Nuevo México, donde estaba rodando la última temporada de su exitosa serie de zombis. Quería llamar también a Madison, pero Howard me dijo que se había marchado a hacer meditación a la India tras una violenta ruptura en público con Jason.

—No quiere hablar conmigo —le había dicho a Howard—. Me odia.

—No, cielo, no. Bueno, puede que sí, pero creo que la persona a la que más odia es ella misma.

El móvil de Edward empezó a vibrar ruidosamente, arrancándome de mis pensamientos.

—No creas que esto te salva —le advertí—. Esos boxers van a ser míos...

Pero él ya no me escuchaba. Respondía al teléfono con la mandíbula tensa.

—Rupert, ¿qué demonios quieres? —se levantó y empezó a andar de un lado para otro del estudio, con el teléfono pegado a la oreja y farfullando tecnicismos financieros que no tenían el menor significado para mí. Pero para Edward debían de ser tan importantes que se olvidó de que yo estaba allí sentada, medio desnuda y con su corbata al cuello–. Y yo te digo que si no arreglas esto los accionistas nunca te lo perdonarán... No, no ha sido culpa mía. Hasta septiembre todo iba como la seda –se detuvo un momento y dio cinco largas zancadas–. Oh, lo siento, ¿fue un inconveniente para la empresa que tuviera que tomarme unos meses libres para recuperarme de un accidente que casi me mata? Pues incluso estando medio muerto soy el doble de hombre que tú... –volvió a detenerse y apretó los dientes–. No, escúchame tú –masculló una palabrota que me hizo estremecer–. Si el trato se pierde toda la culpa será tuya –estaba tan rígido que temí por el daño que pudiera hacerse en los músculos y la espalda–. Sé lo que estás haciendo, maldito bastardo, y no te servirá de nada. St. Cyr Global me pertenece...

No pude seguir escuchando. Me levanté y agarré la ropa del suelo. Temblando, a pesar de estar cerca del fuego, me quité su corbata. Edward me miró y su expresión se iluminó brevemente al admirar el conjunto de lencería escarlata, un regalo que yo le había hecho por Navidad. Frunció el ceño y yo me giré y me puse en silencio la sudadera y las mallas negras.

–Estaré ahí mañana –espetó. Colgó y volvió junto a mí–. ¿Qué haces?

–¿No es evidente?

–Quítate la ropa –me estrechó en sus brazos–. Estamos en mitad de una partida y no hay motivo para que te retires si estás ganando.

«Ganando». La palabra me provocó un escalofrío. Me solté y evité su mirada.

–Vuelves a Londres.

–El contrato multimillonario del que te hablé está a punto de irse a pique. Me marcho mañana por la mañana.

–¿El día de Año nuevo?

–Mi primo está intentando sabotearlo. Llevo demasiado tiempo ausente. Una vez que asegure el contrato, reuniré a los accionistas y veremos cómo podemos eliminarlo.

–¿Eliminarlo?

–De la junta directiva. ¿Qué te creías?

–Bueno...

–Sí que tienes una mala opinión de mí –dijo en tono divertido más que ofendido–. Pero Rupert tiene una mujer y unos hijos a los que casi nunca ve. Me gustaría liberarlo de sus pesadas responsabilidades para que pudiera dedicarle más tiempo a su familia.

–Tú podrías hacer lo mismo.

–Pero yo no tengo familia –se inclinó y me besó en la nariz–. Ni siquiera podría ocuparme de una maceta.

–Entiendo –me esforcé por mantener la compostura, cuando lo que quería era arrojarme a sus brazos y llorar–. Iré a preparar mi equipaje.

–Bien –parecía distraído. No esperaba de él que fuera a montar una escena, pero...

Sí, eso era precisamente lo que esperaba. Después de todo el tiempo que habíamos pasado juntos, primero como amigos y después como amantes, había llegado a pensar que significaba algo para él. A pesar de sus advertencias y de mi promesa, Edward me importaba. Mucho.

¡Qué tonta era!

Intenté sonreír a pesar de mis temblores.

–Buscaré un vuelo a Los Ángeles –me mordí el labio inferior–. La verdad es que debería estarle agradecida a ese primo tuyo. Mi padrastro me ha invitado a participar como extra en la serie. Será divertido ser una zombi, y he oído que Nuevo México es precioso...

–¿De qué estás hablando?

–Te vas a Londres mañana.

–Sí.

–Y no hay ningún motivo para que me quede aquí.

–No.

–Muy bien –me puse derecha e intenté adoptar una expresión serena–. Entonces, esto es una despedida.

–¿Me estás abandonando?

–¡Acabas de decir que no hay motivo para que me quede!

–No hay ningún motivo para que te quedes en Penryth Hall –repuso él con una paciencia insultante–, porque vas a venir conmigo a Londres.

Me quedé mirándolo como una tonta, absolutamente anonadada.

–¿Quieres que vaya contigo? –pregunté sin salir de mi asombro–. ¿A Londres?

–Sí. A Londres.

Intenté ignorar el alivio y la excitación que me invadieron al pensar que nuestra separación podía esperar un poco más.

–¿Qué demonios haría yo en Londres?

–Podría volver a contratarte como fisioterapeuta.

–Vamos, ya no necesitas más fisioterapia.

–Pues entonces serías mi amante a jornada completa.

–¿Quieres que vaya a Londres solo para acostarme contigo?

–Considéralo unas vacaciones.

–Tú no estarías de vacaciones. Estarías trabajando todo el tiempo.

–Solo durante el día –me sonrió maliciosamente–. De noche sería tu gigoló particular, ¿qué te parece? –se acercó–. Todas esas horas a tu disposición... ¿No es eso lo que te gusta de mí?

«Me gusta todo de ti», quería decirle. «La forma en que me tocas. El sonido de tu voz. Cómo me haces reír. Todo».

Pero yo sabía que eso era lo último que Edward quería oír. Lo nuestro era solo una aventura, nada más. El sexo era suficiente, me dije. Tenía que serlo.

–¿Diana? –me estaba mirando, esperando mi respuesta.

–Pues claro que es eso lo que más me gusta. ¿Qué más tienes que pueda gustar?

–Eres muy dura –dijo él con un suspiro.

–No puedo ir a Londres como... como tu juguete sexual –protesté con voz débil. Mi estúpido y traicionero corazón anhelaba oír que era mucho más para él.

–Lo sé –sonrió–. Londres tiene una gran oferta teatral y cinematográfica. Puedes vivir en mi casa mientras te presentas a las pruebas. Por el día perseguirás tu sueño, y por la noche... serás mía.

Me besó en la boca, apasionadamente, y yo lo rodeé con los brazos y le devolví el beso sin hacer caso a mi atribulado corazón.

No podía abandonarlo. No mientras siguiera viviendo en su mundo de pasión y placer. Quería ser la mujer desinhibida que se paseaba ante él en ropa interior. No estaba lista para volver a ser invisible. Aún no. Necesitaba estar en sus brazos. Necesitaba estar con él, bromeando, provocándonos, jugando como niños y gozando como adultos.

–Está bien –dije en el tono más despreocupado posible–. Iré contigo a Londres.

–Estupendo –respondió él con una sensual sonrisa, como si en ningún momento hubiera dudado que podía convencerme.

Segundos después me estaba haciendo el amor en la mesa de póquer al calor de las llamas.

A la mañana siguiente, al alba, nos subimos a su coche de lujo para emprender el viaje de regreso a la civilización.

Capítulo 5

¿TE ENCUENTRAS bien? –me preguntó la chica que se hallaba sentada a mi lado en una de las sillas que se alineaban en el pasillo.

–Estoy bien –respondí, intentando creérmelo mientras respiraba lentamente. Habían pasado dos meses desde que llegamos a Londres y desde el primer día había sentido náuseas. Al principio lo atribuí al miedo y al sentimiento de culpabilidad por mentirle a Edward, pero aquel día, por primera vez, me había atrevido a presentarme a una prueba en vez de pasarme las horas paseando por Trafalgar Square como una turista cualquiera.

Llevaba una hora allí sentada, repitiendo mis frases en la cabeza y esperando a que me llamaran. Las náuseas deberían haber desaparecido, pero se habían agudizado mientras esperaba entre bastidores en el pequeño y famoso teatro West End, rodeada de actores profesionales que ensayaban sus frases en voz alta y hacían ejercicios de elocución. Nadie se fijaba en mí, salvo la bonita chica estadounidense que se encontraba sentada a mi lado.

–Parece que tengas una indigestión, o quizá la gripe –arrugó la nariz y se apartó de mí–. Mi hermana tenía el mismo aspecto los tres primeros meses de embarazo.

–Son solo los nervios –respondí con voz cortante, y tragué saliva al sentir otra oleada de náuseas.

La chica no se dejó engañar y miró nerviosamente a uno y otro lado.

–Bueno, si me disculpas... tengo que ensayar –se levantó y se marchó corriendo como si yo fuera Mary la Tifosa. Y con razón, porque estaba a punto de vomitar.

Apoyé la cabeza en la pared y cerré los ojos. En cualquier momento dirían mi nombre. Pronunciaría las pocas líneas en el escenario y el director de casting me diría que no era lo que estaban buscando. Sería un golpe demoledor a mi autoestima, pero al menos podría irme a casa y no mentirle a Edward cuando le dijera que, mientras él trabajaba dieciocho horas al día en Canary Wharf, yo me dedicaba a perseguir mis sueños.

Una nueva oleada de náuseas me obligó a ir corriendo al aseo. Llegué justo a tiempo de no vomitarme encima. Después me mojé la cara con agua fría y me miré al espejo. Estaba pálida, sudorosa y demacrada. Salí del aseo y continué caminando hasta la salida. Necesitaba respirar aire fresco. El cielo estaba oscuro y nublado, amenazando lluvia. Caminé lentamente hacia la estación de metro, con piernas temblorosas.

«Mi hermana tenía el mismo aspecto los tres primeros meses de embarazo».

Ni siquiera se me había ocurrido que pudiera estar embarazada. No podía estarlo. Era imposible.

Me detuve bruscamente en la acera, provocando que los turistas que iban detrás casi se chocaran conmigo. Edward siempre usaba protección, pero yo ni siquiera me preocupaba porque daba por descontado que él sabía lo que hacía. Era él quien no quería ningún tipo de compromiso, ¿y qué mayor compromiso podía haber que un hijo?

Alguna vez que otra, sin embargo, no se había puesto el preservativo hasta el último segundo. Y aquella única vez en la ducha...

Aturdida, fui hacia la estación de Charing Cross y me subí al metro. Mientras el vagón se balanceaba miré el plano de las líneas sobre los asientos. Hacía dos meses que no me llegaba la regla, pero lo había achacado a otros factores: la angustia por volver a los escenarios, el estrés por mentirle a Edward, el cambio de clima y de horario...

La pasión nocturna era el único momento en que veía a Edward. Por las mañanas, su chófer lo recogía para llevarlo a su moderno edificio en Canary Wharf. La encarnizada lucha de despachos que mantenía con su primo lo obligaba a pasar todo el día en la oficina, incluso los domingos, y normalmente no volvía a casa hasta mucho después de que yo me acostara. Algunas noches ni siquiera regresaba.

Pero el resto siempre me despertaba para hacerme el amor con una pasión salvaje y desbocada. A veces, al amanecer, sentía que me besaba en la sien y me susurraba: «Buena suerte hoy. Estoy orgulloso de ti». Y luego se marchaba y yo me quedaba sola.

Sumida en mis divagaciones, casi me pasé de parada en High Street Kensington. Salí a la calle y compré un test de embarazo en la farmacia de la esquina. Mientras caminaba por la calle bajo una lluvia helada que me calaba a través de mi ligera chaqueta de algodón, deseé tener a alguien que se ocupara de mí. Alguien que me estrechara en sus brazos y me dijera que todo iba a salir bien. Porque tenía miedo.

Llegué a la elegante vivienda de estilo georgiano, situada a pocas manzanas del Palacio de Kensington.

–¿Diana? –me llamó la señora Corrigan, el ama de llaves, desde la cocina–. ¿Eres tú, querida?

–Sí –respondí débilmente. No había motivos para estar asustada. En cuanto la prueba diera negativo, me relajaría y me tomaría una copa de vino–. Voy enseguida.

Fui al cuarto de baño y saqué el test de la bolsa. Lo hice, sin dejar de temblar, y esperé mirándolo fijamente. «Negativo», me repetía. «Tiene que ser negativo, negativo, negativo».

El test me arrojó el resultado en silencio.

Positivo.

Se me cayó de la mano. Lo agarré y volví a mirarlo. Seguía siendo positivo. Lo arrojé a la basura y lo escondí debajo de una bolsa vacía. Lo cual era una ridiculez, ya que pronto no habría manera de ocultarlo.

Embarazada. Me castañeteaban los dientes mientras me tambaleaba en dirección a la cocina. Sus ventanas daban al jardín trasero. En primavera se pondría precioso, pero en esos momentos estaba sin hojas y cubierto con retazos de nieve medio derretida.

—Ah, aquí estás —dijo la señora Corrigan, que estaba haciendo una tarta de limón—. El señor St. Cyr acaba de llamarte.

—¿Ha llamado aquí? —me dio un vuelco el corazón. Edward nunca me llamaba desde el trabajo. ¿Habría intuido que lo necesitaba?

—Estaba preocupado al no localizarte en tu móvil.

—Ah... —el móvil que Edward me había comprado el mes pasado seguía en la encimera de granito de la cocina, enchufado, exactamente donde lo había dejado dos días antes—. Enseguida lo llamo.

Fui a su estudio, cerré la puerta y marqué su número. El inconfundible tono de llamada británico me recordaba lo lejos que estaba de casa. Así como la necesidad de hablar con dos secretarias distintas antes de oír finalmente la voz de Edward.

—¿Por qué no has respondido al móvil? —me preguntó a modo de saludo.

—Lo siento, lo olvidé en casa. Estaba en una prueba y... —se me quebró la voz.

—El trato se ha cerrado.

Su voz era tan fría que me costó un momento darme cuenta de que me llamaba para compartir buenas noticias.

—¡Enhorabuena! —el corazón me latía desbocado—. Pero... tenemos que hablar.

—Sí, en efecto. Esta noche la mujer de Rupert celebra una fiesta en Mayfair. Ponte un vestido elegante y procura estar lista para las ocho.

Había visto a Victoria unas cuantas veces y me parecía una mujer mezquina y cruel. Respiré profundamente.

—Lo estaré. Pero hoy ha ocurrido algo, Edward. Se trata de algo muy importante que deberías saber —hice una pausa, pero él no dijo nada—. ¿Edward?

Pasaron unos segundos hasta darme cuenta de que había colgado. Me quedé mirando el móvil con incredulidad.

Continuó lloviendo toda la tarde. Yo andaba de un lado para otro como un león enjaulado. Intenté leer un libro, pero tenía que releer cada página seis veces. Tomé un poco de pan y queso para cenar y un pequeño trozo de tarta de limón. Me duché y sequé el pelo con el secador, dejándolo liso y brillante, me maquillé y me puse el vestido de cóctel que Edward me había comprado. Nunca había llevado una prenda tan ceñida y corta. Apenas contenía mis voluminosos pechos.

A las ocho menos cuarto estaba lista. Fui al salón y me senté a esperar. Fuera había oscurecido y casi no había tráfico. Bajo la lluvia los charcos reflejaban la luz de las farolas. Esperé. Y esperé...

No fue hasta una hora más tarde, al filo de las nueve, cuando oí cerrarse la puerta de la calle y a Edward llamándome.

—Estoy aquí.

–¿Sentada a oscuras? –encendió una luz–. ¿Qué estás haciendo, Diana?

–No me había dado cuenta –me excusé, entornando los ojos. Estaba muy atractivo con su traje a medida y corbata. Un caballero británico millonario, un magnate de los negocios dispuesto a plantar batalla por todos los medios.

Pero sus ojos parecían cansados. Deseé estrecharlo en mis brazos, pero la noticia que tenía que darle no haría que se sintiera mejor.

–Edward –tragué saliva–, tenemos que hablar...

–Se nos ha hecho tarde. Tengo que cambiarme.

Corrió escaleras arriba y volvió a bajar en un tiempo récord, luciendo un esmoquin impecable.

–Estás muy guapo –le dije.

–Gracias –no me devolvió el cumplido. Se limitó a ponerme el largo abrigo negro–. ¿Preparada?

–Sí –nunca me había sentido menos preparada en mi vida. Salimos de casa y nos subimos al coche.

–¿Cómo ha ido la prueba? –me preguntó en cuanto el chófer cerró la puerta.

Lo miré y me humedecí los labios.

–Pues... la verdad es que fue una sorpresa.

–Estás mintiendo. Ni siquiera fuiste.

–Claro que fui –declaré con indignación–. Pero no me quedé porque... Espera un momento. ¿Cómo sabes que no la hice?

–El director es amigo mío. Iba a darte un trato especial. Me llamó esta tarde para decirme que no te habías presentado. Me has mentido. Y no es la primera vez, ¿verdad?

Levanté la cabeza y lo miré fijamente.

–No he ido a una sola prueba desde que estamos aquí.

–¿Por qué?

–No me sentía capaz –respondí como si no tuviera importancia.

–Y cada mañana que te deseaba buena suerte antes de irme a trabajar... ¿por qué me has mentido?

El coche sorteaba el tráfico de Kensington Road. Vi el Albert Memorial, el monumento dedicado al joven marido de la reina Victoria, quien estuvo llorando su muerte durante cuarenta años.

–No quería decepcionarte.

–Es lo que has hecho –apretó la mandíbula mientras nos dirigíamos hacia Mayfair, al norte de la ciudad–. No creía que fueras una mentirosa. Ni una cobarde.

Sentí que un puñal invisible me traspasaba el corazón.

–Lo siento. ¿Por qué no me dijiste que el director era amigo tuyo?

–Quería que pensaras que habías conseguido el papel por tus propios méritos.

–¿No creías que pudiera?

–¿Cuántos papeles has conseguido? Pensé que podía ayudarte. No te lo dije porque... sienta mejor alcanzar el éxito por uno mismo.

El coche se detuvo y el chófer nos abrió la puerta.

Edward me dedicó una fría sonrisa.

–Hemos llegado –me ofreció el brazo al salir y yo lo acepté, sintiéndome desgraciada, furiosa y avergonzada.

Rupert St. Cyr tenía una mansión espléndida con una piscina interior, una bodega con los mejores vinos del mundo, un enorme salón de baile con gigantescas arañas de cristal que colgaban de un altísimo techo y lo más selecto de la sociedad bailando al son de un cuarteto de jazz.

Edward respondía distraídamente a las felicitaciones que le prodigaban todos. Le apreté el brazo mientras nos dirigíamos hacia al guardarropa.

–Lo siento –le susurré.

–Yo siento haber intentado ayudarte.

–No debería haberte mentido –me mordí el labio inferior–. Pero hoy ha pasado algo que deberías...

–Ahórrate las excusas –le espetó él–. Por esto termino las aventuras después de unas cuantas semanas. ¡Antes de que empiecen las mentiras!

–¿Estás diciendo que vas a romper conmigo solo porque no fui a las pruebas?

–Porque me mentiste –aclaró él en voz baja, echando fuego por los ojos–. Me importa un bledo lo que hagas. Si no quieres ser actriz, por mí puedes ser dependienta, niñera o secretaria. O quedarte en casa y no mover un dedo. Pero sin ocultar la verdad.

–Es duro presentarte a una prueba y sufrir un rechazo tras otro –argüí con voz ahogada–. Aquí no tengo amigos ni contactos.

–¿Desearías estar en Los Ángeles? ¿Es eso lo que estás diciendo?

Su expresión era tan hostil que no sabía qué decirle.

–Sí, quiero decir, no...

–Si quieres irte, vete.

Sentí un escalofrío por todo el cuerpo.

Edward se giró y salió del guardarropa.

–¡Edward! –exclamó una voz exageradamente melosa. Alcé la mirada y vi a Victoria St. Cyr acercándose–. Y Diana. Qué agradable sorpresa.

Me miró de arriba abajo y a mí me ardieron las mejillas. El vestido de cóctel que tan atrevido y sexy me había parecido se convirtió en una bolsa de basura pegada a mi regordeta figura, especialmente comparado con el elegante vestido gris que cubría la extrema delgadez de Victoria.

–Qué... bien que sigas con nosotros –añadió con una radiante sonrisa.

A partir de ahí todo fue cuesta abajo.

Yo no encajaba en el mundo de Edward. Me sentía insegura y desubicada. Agarrada a su brazo, me pegaba a él patéticamente mientras Edward brindaba con otros hombres e intercambiaba mordaces comentarios con su primo. Intenté participar en las conversaciones y fingir que no tenía el corazón roto.

Pero Edward se comportaba como si yo no estuviera, y al final mi orgullo no pudo soportarlo.

—Discúlpame —murmuré, soltándole el brazo—. Necesito una copa.

—Yo te la traigo —dijo él cortésmente, como si hablara con una desconocida.

—No. Tengo que hablar con alguien.

¿Fue alivio lo que vi en sus ojos al alejarme?

Victoria St. Cyr y sus amigas estaban junto a la pista de baile. Me giré y fui hacia la mesa del bufé. Al menos allí sabía qué hacer. Agarré un plato y lo llené de pan, queso y galletas saladas.

¿Qué sentido tenía decirle a Edward que estaba embarazada si él ya estaba buscando excusas para acabar la relación?

—Esto no durará —Victoria estaba detrás de mí, con dos de sus amigas.

—¿Cómo dices?

—No le hagas caso —dijo una de sus amigas—. No está acostumbrada a ver a Edward con novia.

—Yo no diría que soy su novia.

—Y entonces, ¿qué eres?

—Su fisioterapeuta.

Todas me miraron y rompieron a reír.

—¿Así es como lo llaman ahora? —preguntó una de ellas.

—Es cierto. Edward tuvo un accidente de coche en septiembre...

–Sí, eso es verdad –afirmó Victoria. Sus pulseras de diamantes repiquetearon al levantar la mano–. ¿No te preocupa todo eso?

–¿El qué?

–El accidente de Edward –suspiró–. Estaba enamorado de aquella criada que trabajaba en una casa vecina –me miró con desprecio–. Se parecía mucho a ti. Cuando se quedó embarazada, Edward la ayudó a marcharse de Londres y estuvieron un año viajando por todo el mundo. Pero, cuando a ella se le presentó la ocasión de casarse con el padre del bebé, abandonó a Edward sin pensárselo.

–El otro hombre era un duque español –añadió una de las amigas.

–Edward intentó chantajearla para que abandonara a su marido... y a su hijo. Por suerte, el coche se salió de la carretera. Pero, si el duque hubiera presentado cargos, Edward habría acabado en la cárcel –sacudió la cabeza–. Debería estar cumpliendo condena y no ocupando el lugar de Rupert en la empresa.

–Todo eso ya lo sé –dije, pero por dentro estaba temblando–. Y te equivocas. Fueran cuales fueran los errores que cometió en el pasado, se merece estar al frente de St. Cyr Global. Él nunca hundiría un trato de millones de libras como ha intentado hacer su primo. Es el doble de hombre que tu marido.

Victoria me miró con un peligroso brillo en los ojos.

–Tu lealtad es admirable, pero déjame darte un pequeño consejo de amiga.

«¿De amiga?»

–Comprendo tu atracción. De verdad que sí. La noche que conocí a Edward yo también lo deseé desesperadamente, y habría hecho lo que fuera por acostarme con él. Lo que fuera –hizo un mohín con los labios–. Por suerte, conocí a Rupert antes de que pasara nada.

–¿Cuál es tu consejo?

–Edward es una trampa para las mujeres. Ya lo verás. Primero las utiliza y después les rompe el corazón, para luego tirarlas a la basura. ¿Cuánto tiempo lleváis juntos? ¿Dos meses? ¿Tres? –sacudió la cabeza con un sonido lastimero–. Ya has pasado tu fecha de caducidad. Toma –me puso una tarjeta en la mano–. Llámame cuando necesites un hombre en el que llorar.

Se marchó ostentosamente, seguida por su séquito. Aturdida, miré la tarjeta. Era como una tarjeta de visita, pero dorada y con las letras en relieve. La metí en el bolso y me giré a ciegas hacia el bufé, pero me choqué con una pared de músculos. Edward estaba detrás de mí. ¿Cuánto tiempo llevaba allí?

–¿Te lo estás pasando bien? –me preguntó con una expresión inescrutable.

–No.

–A lo mejor el champán te ayuda.

–No quiero nada.

Miré su atractivo rostro. ¿Estaba ya buscando la mejor manera de romper conmigo? Yo quería que me amara, que me apretara contra su pecho y que nunca me dejara marchar. Que ninguna de sus advertencias se cumpliera jamás. ¡Qué estúpida era!

–Solo quiero irme a casa –dije al borde de las lágrimas.

Edward me miró en silencio. A nuestro alrededor la gente disfrutaba de la fiesta, pero por un instante fue como si estuviéramos los dos solos, como en Penryth Hall.

–Muy bien –dijo finalmente. Me tomó de la mano y me sacó de la mansión. Su chófer nos recogió en la puerta.

Las calles de Londres estaban más oscuras de lo habitual. Había dejado de llover y el cielo estaba despejado. La noche era fría y silenciosa.

Entramos en casa y él me detuvo cuando me disponía a subir la escalera.

—No te he dicho lo hermosa que estabas esta noche —me dijo, estrechándome en sus brazos.

El corazón empezó a latirme con fuerza.

—¿De verdad?

—La mujer más hermosa de la fiesta con diferencia —tiró de mí y se enrolló uno de mis mechones en el dedo—. Me alegré cuando te fuiste a buscar una copa, porque los otros hombres estaban tonteando contigo tan descaradamente que tenía ganas de destrozarlos.

—¿Estaban tonteando conmigo? —no me había dado cuenta de nada. Solo recordaba haberme aferrado al brazo de Edward como una idiota enmudecida.

—Cualquier hombre te desearía —me acarició el hombro y el cuello—. Eres la mujer más apetecible que he conocido.

—¿Más que la mujer a la que amabas en España? —le pregunté sin pensar.

Su mano se detuvo y me clavó la mirada de sus fríos ojos azules.

—¿Por qué lo dices?

Tragué saliva, pero ya no podía dar marcha atrás.

—Victoria me dijo que estuviste un año con ella, cuidándola y ayudándola con su embarazo. Seguías amándola después de que se casara con otro. Estuviste dispuesto a morir por ella.

—¿Y qué? —preguntó como si no me debiera ninguna explicación.

Mi corazón empezó a resquebrajarse. Tomé aire y contuve el aliento.

—¿Es cierto que se parecía a mí?

—¿Eso te dijo Victoria?

—Sí.

–Lo dijo por decir –sonrió con desdén–. Nunca conoció a Lena. Y no os parecéis en nada.

Solté el aire de golpe. Lena. Así se llamaba.

–¿Por qué la querías tanto?

–¿Por qué lo preguntas? –replicó él con la mirada entornada.

–Porque... –porque quería saber qué tenía de especial aquella mujer a la que Edward había amado. ¿Era bonita? ¿Culta? ¿Era por el sonido de su voz o la fragancia de su perfume?

Quería saberlo porque, en lo más profundo de mi corazón, anhelaba que a mí me amase de igual manera. Deseaba que quisiera estar conmigo. Vivir conmigo. Criar a un hijo conmigo.

Estaba enamorada de él y quería que él lo estuviera de mí.

Lo de Jason solo había sido un encaprichamiento pasajero comparado con lo que sentía por Edward, el hombre al que había curado, con el que había compartido casa, que me provocaba y que me animaba a perseguir mis sueños. El hombre que me había arrebatado la virginidad y me había enseñado lo que era el placer. El hombre cuyo hijo llevaba dentro de mí.

Estaba enamorada de Edward.

Desesperadamente.

Estúpidamente.

–¿Diana?

Respiré hondo.

–Sentía curiosidad, eso es todo –esbocé una débil sonrisa–. Después de oír a Victoria hablar de ella. ¿Qué hacía a Lena tan diferente?

–¿Diferente? –los rayos de luna se proyectaban en su rostro, dejando sus ojos en sombras–. Lena no era diferente. Era una mujer normal y corriente. Pero se mostraba tan indefensa y desamparada que yo me sentí como el único que podía salvarla. Me hizo creer que podía ser su héroe –sonrió con sarcasmo–. Yo, ¿no es gracioso? Pero lo creí y durante varios meses cuidé de ella sin pedirle nada a cambio. Hasta que me dejó por el bastardo que la había abandonado y traicionado.

–¿Solo eso? ¿Por mostrarse indefensa y desamparada? –yo podría mostrarme igual, sobre todo en esos momentos, desesperada por merecer su amor.

–Creía que la merecía. Que me la había ganado.

–No puedes ganarte el amor de una persona. No es así como funciona.

Él se rio.

–Si supieras cuántas mujeres me han dicho «te quiero»... Pero esas palabras no significaban nada. Me las decían horas después de haberme conocido... en la cama. Solo intentaban atraparme y hacerme hacer lo que no quería hacer.

–¿Comprometerte?

–Exacto –sonrió y apartó la mirada–. Pero siempre creí que el amor era un acto, no una palabra. Si amara a alguien no lo diría, lo demostraría. Cuidaría de esa persona, anteponiendo sus necesidades a las mías. Me desviviría en cuerpo y alma por hacerla feliz... –se rio–. Pero ¿quién soy yo para hablar? Nunca he encontrado un amor así. Y desde que dejé de buscarlo he sido mucho más feliz.

–No lo creo –dije suavemente–. Lamento que aquella mujer te hiciera daño, pero no puedes pasarte el resto de tu vida huyendo del amor.

–Te equivocas.

Apreté los puños y me atreví a preguntárselo.

–¿Todavía la amas?

Él soltó una amarga carcajada.

–¿Amarla? Claro que no. Sucedió hace mucho tiempo. No era el que soy ahora. El duque y la duquesa de Alzacar son felices juntos, con su niño regordete y feliz, felizmente casados en su enorme castillo en la feliz España. Les deseo toda la felicidad.

–Te arrepientes de haber intentado secuestrarla, ¿verdad?

–Me arrepiento de haber permitido que me importara. Fui un idiota al pensar que podía ser el héroe de una mujer. No es mi naturaleza. Ahora... sé lo que soy. Egoísta hasta la médula. Y me alegro. Mi vida está bajo mi control absoluto.

Mirándolo, sentí que mi frágil corazón se rompía en mil pedazos.

–Entonces, ¿nunca tendrás mujer... ni hijos... ni formarás una familia?

–Te lo dije desde el principio. Hay cosas que no quiero, ni ahora ni nunca –respiró hondo, dio un paso hacia mí y me puso la mano en la mejilla–. Pero sí que quiero esto. Te deseo a ti. Quiero disfrutar contigo mientras sea posible.

Su palma era cálida y áspera. De repente sentí ganas de llorar.

–Podríamos tener mucho más. Has de saber que...

Pero él ya estaba sacudiendo la cabeza.

–No me hagas esto, Diana. No me pidas más de lo que puedo dar. Por favor. No estoy listo para dejarte marchar. Todavía no –tiró de mí hacia él y me besó apasionadamente en el hueco de la escalera. Yo sabía que debería detenerlo y obligarlo a que escuchara las dos cosas que me llenaban el corazón de terror, euforia y desesperanza.

Lo amaba y estaba embarazada de su hijo. Pero temía que todo acabara en cuanto se lo dijera. Nos vería a mí y al niño como una complicación indeseada. Tenía muy claro lo que quería y lo que no, y no iba a cambiar.

Lo abracé con fuerza y le devolví el beso. Las lágrimas resbalaron por mis mejillas, salando el sabor de sus labios. Me sentía desgarrada entre el deseo y la angustia. Había descubierto que lo amaba y esa misma noche iba a perderlo.

Un zumbido resonó fuertemente en mis oídos.

Edward se apartó con una maldición. El zumbido procedía de un móvil. Pero ¿quién lo llamaría a esas horas? ¿Una secretaria? ¿Una amante?

Nunca nos habíamos prometido fidelidad. Solo placer.

—No es el mío —dijo él.

Fruncí el ceño y agarré el pequeño bolso que había dejado caer al suelo. Era mi móvil el que estaba sonando. Pero aparte de Edward, la única persona que conocía mi número era mi padrastro, y en esos momentos estaba rodando en Nuevo México.

—Es Jason —dije al ver la pantalla.

—¿Jason Black? —Edward frunció el ceño—. ¿Por qué te llama?

—No tengo ni idea.

—¿Lo ha hecho antes?

—No. Debe de haber pasado algo... —me estremecí al pensar en que Howard o Madison pudieran haber tenido un accidente y me giré para responder—. ¿Jason?

—¿Diana?

—¿Por qué me llamas?

—Estoy en California... Howard me ha dado tu número.

—¿Qué ocurre? ¿Le ha pasado algo grave a alguien?

—Sí —contuve la respiración—. A mí. Cometí un terrible error.

—¿Qué quieres decir con que cometiste un error?

Edward esperaba a mi lado con expresión sombría, pero al oír aquello se giró sobre los talones y se dirigió hacia la escalera. ¿Estaba furioso conmigo por respon-

der una llamada en mitad del beso? No era justo. Él había sido el primero en comprobar su móvil.

—No debí haberte engañado –dijo Jason–. Me arrepiento de lo que hice y... Supongo que ya sabes que Madison y yo hemos roto.

—Sí, lo sé –respondí amablemente.

—¿Hay algún modo de que puedas perdonarme?

—Claro.

—¿Sí? –me preguntó, esperanzado.

Me di cuenta de que, de alguna manera, lo había perdonado desde hacía mucho. Comparado con lo que sentía por Edward, lo de Jason parecía algo lejano y sin importancia.

—Sí, porque ahora estoy enamorada de Edward.

—Oh...

—¿Hay alguna posibilidad de que Madison y tú...?

—Ninguna. Se largó a la India cuando rompimos. He
oído que ahora está en Mongolia haciendo cine inde-
pendiente, perdida en mitad de la estepa sin catering ni
tráiler de maquillaje ni nada.

—¿En serio?

—Una locura, ¿verdad? Debió de sufrir una crisis nerviosa o algo por el estilo. El caso es que te llamo por
otra cosa. Estoy coprotagonizando una serie web para
promocionar la secuela de mi película, que se estrenará
el próximo verano. Pero la actriz principal acaba de retirarse del proyecto... y he pensado en ti.

—¿Qué? –pregunté débilmente.

—No te pongas nerviosa. La paga es casi nula, pero
la serie cuenta con muchos seguidores y aunque solo se
distribuya por Internet podría darte a conocer...

Mientras seguía hablando yo me balanceaba en el
vestíbulo, sintiendo que iba a desmayarme.

—... y ni siquiera tendrías que presentarte a la prueba.

—No puedo creerlo –agarré el teléfono con fuerza–.

¿Me estás llamando para ofrecerme el trabajo de mis sueños?

–¿El trabajo de tus sueños? –se rio–. Si actuar en una serie web es tu sueño, creo que deberías aspirar a algo más. No es nada del otro mundo. El personaje está embarazada. Tendrías que llevar relleno...

Tuve que apoyarme en la pared para no perder el equilibrio.

–¿Estás de broma? –¿interpretar a una embarazada?, ¿me estaría diciendo el destino que me fuera?–. ¿Por qué haces esto?

–Te lo debo, Diana. Después de todo por lo que te he hecho pasar es lo menos que podía hacer. Además, preferiría trabajar contigo en vez de con una desconocida. ¿Vendrás?

Pensé otra vez en Edward, que me esperaba arriba, y se me encogió el corazón.

–No estoy segura...

–Tú decides. Pero, si estás aquí dentro de dos días, el papel es tuyo.

Al colgar, la casa estaba en silencio y a oscuras. La señora Corrigan se había acostado hacía rato, antes de que llegáramos a casa. Era la primera vez que Edward me esperaba en la cama.

California. Los recuerdos me invadieron de golpe. El sol. El mar. El olor de las rosas en el jardín de mi madre. Podría hacer realidad mi sueño, rodeada por mi familia y mis amigos, criar a mi bebé...

Pero no era solo mi bebé. Era nuestro bebé. Y por asustada que estuviera tenía que decírselo a Edward. Al menos tenía que darle la oportunidad de formar parte de nuestras vidas. Y tenía que decirle que lo amaba. Sin perder más tiempo.

El corazón me latía desbocado mientras subía lentamente por la escalera. Un hijo. ¿Sería un niño con los ojos de Edward? ¿Una preciosa niña con su sonrisa?

«Esto es todo lo que puedo darte. Ni matrimonio ni hijos».

La garganta me escocía al pensarlo. Me estaba engañando a mí misma si creía que Edward se alegraría por las noticias. Él no quería mi amor. No quería a mi hijo. Solo quería sexo sin complicaciones.

Recorrí el pasillo a oscuras con piernas temblorosas y me detuve en la puerta del dormitorio.

—Has tardado mucho —la voz de Edward sonó grave y profunda desde las sombras—. Ven a la cama, Diana.

Tragué saliva, apreté los puños a mis costados y me adentré en la oscuridad.

Cuando mis ojos se adaptaron a la penumbra distinguí su forma en la cama. Tenía las piernas cruzadas, los brazos detrás de la cabeza y miraba al techo. Aún llevaba el esmoquin y solo se había aflojado la pajarita.

—¿Cómo está Jason? —me preguntó fríamente, sin dejar de mirar al techo.

—Está bien.

—Seguro que sí —se rio y se incorporó en la cama. Su rostro estaba en sombras, pero vi el brillo de sus ojos—. Así que cometió un gran error, ¿no?

—Se sentía muy mal por haberme engañado —me temblaba la voz—, y me ha llamado para ofrecerme un papel. No es gran cosa, solo una serie web. Pero el papel puede ser mío sin necesidad de hacer una prueba, siempre que esté allí dentro de dos días.

—Qué ideal. Para los dos —se levantó, lentamente, como un gigante elevándose ante mí—. ¿Quieres que te ayude a hacer el equipaje?

La frialdad de su tono me dejó perpleja.

—No quiero dejarte...

—Es exactamente lo que quieres. Vuelve a California con todos tus contactos. Jason Black se muere por tenerte y está dispuesto a darte lo que sea. Todo lo que querías te ha llovido del cielo. Lo único que queda es darte un beso de despedida.

Todas las mujeres en quien Edward había confiado lo habían abandonado y mentido. Pero yo no lo haría.

—No quiero irme. Porque...

Él arqueó burlonamente una ceja.

—¿Porque...?

Me enderecé y me obligué a decirlo, de manera clara y simple, depositando toda mi angustia y esperanza en cada sílaba.

—Porque estoy enamorada de ti, Edward.

El efecto fue fulminante. Edward dejó caer las manos y se tambaleó hacia atrás. Me miró con una expresión salvaje, avanzó hacia mí y se detuvo.

—Quiero quedarme —susurré, casi suplicándole—. Por favor, dame una razón para que me quede. Dime que tengo una oportunidad contigo.

Lo oí ahogar un gemido.

—Diana... —se detuvo y endureció la mandíbula—. No.

—No me deseas.

—Claro que te deseo —apartó la mirada—. Pero sé cómo acabará esto —maldijo en voz baja y se quitó la pajarita—. Debería haber roto hace semanas, antes de irnos de Cornwall. Pero no pude. Y este es el resultado. Sufrimiento para ambos.

—¿No sientes nada por mí? —le pregunté con voz ahogada.

Él dio un paso atrás.

—Sí —respiró profundamente—. Y tengo miedo de que si me dejara llevar podría enamorarme de ti, Diana.

Me dio un vuelco el corazón.

—Edward...

–No dejaré que ocurra –declaró él en tono rotundo–. No me permitiré sentir amor por ti.

El golpe me dejó sin respiración.

–El amor es un juego para tontos, Diana. Te lo he dicho desde el principio. La única manera de ganar es no jugar. Es algo que he aprendido por las malas –su tono era implacable, pero bajo su aparente dureza me pareció advertir vulnerabilidad. Se estaba defendiendo con la fuerza bruta.

–Por favor, no hagas esto –le supliqué.

–Los dos sabemos que no has sido feliz en Londres –me dijo él con pesar–. Solo era cuestión de tiempo.

Tenía razón, por mucho que yo deseara lo contrario. De pie junto a la cama donde tanto placer me había dado durante los dos últimos meses, sentí cómo se retiraba física y emocionalmente, como si alguien me hubiera quitado un abrigo que no sabía que llevaba puesto y de repente sintiera el frío del invierno.

Edward sacó mi vieja maleta del armario, la puso sobre la cama y empezó a meter mi ropa. Tres minutos después había terminado.

–Si te dejas algo, te lo enviaré a California.

–Me estás echando.

Sus ojos eran inexpresivos.

–Te estoy diciendo adiós.

–Espera –aún no le había revelado mi secreto, nuestro secreto, que nacería en septiembre–. Tengo algo más que decirte...

–Ya está todo dicho –se acercó a la ventana y subió la persiana para mirar la calle, oscura y silenciosa con la sucesión de elegantes viviendas alineadas bajo la luna. Sacó el móvil del bolsillo y llamó a su chófer. Al colgar me miró como si fuera una desconocida–. Nathan llegará dentro de cinco minutos para llevarte al aeropuerto. Mi avión te devolverá al lugar donde esperan tus sueños y el hombre de tu vida. Gracias por haberme ayudado a recuperarme –me tendió la mano–. Con gusto te recomendaré a quien necesite un fisioterapeuta en el futuro.

No me podía creer lo que estaba pasando. Me la estrechó brevemente, como si nos acabaran de presentar. La apreté con fuerza, desesperada, cuando él intentó apartarla.

–Ven conmigo a California.

Esbozó una sonrisa torcida.

–¿Y qué haría yo allí?

–¡Lo que quieras!

–St. Cyr Global tiene su sede en Londres y es mi responsabilidad. Nací para cumplir con mi deber.

–Es algo que odias hacer –repliqué con la voz trabada.

Él me miró con una expresión de dolor en los ojos.

–Fue divertido mientras duró, pero no hay ningún motivo para que sigamos viéndonos.

–¿Cómo que no? ¿Estás loco? ¡Acabo de decirte que te quiero!

Su expresión se endureció.

–¿Esperas que cambie mi vida solo por un puñado de vanas palabras?

–¿Vanas? –las rodillas me temblaban por el vacío y la desesperación que amenazaban con devorarme–. Quiero estar siempre contigo. Te quiero, Edward. Podríamos tener una vida juntos –lo miré con los ojos llenos de lágrimas–. Podríamos tener un hijo...

Se me cerró la garganta al ver cómo se estremecía de horror.

–Lo siento –dijo en voz baja y serena–. Lo que quiero es cortar por lo sano –cerró mi maleta con un chasquido.

–Pero no puede ser –mi voz era un patético y quejumbroso lamento–. Siempre habrá un vínculo entre nosotros, porque tienes que saber que...

—¡Déjalo ya, por el amor de Dios!

—Pero...

—¡Ni una palabra más! Si no te vas tú, lo haré yo.

Pasó a mi lado como una exhalación, ofreciéndome un último atisbo de su rostro pálido y desencajado, y unos segundos después oí el portazo de la puerta de la calle. Miré por la ventana y lo vi alejándose por la acera, hasta que desapareció para siempre.

Un sollozo se elevó por mi garganta. Me apoyé en la ventana, con la mano extendida sobre el frío cristal. Edward ni siquiera me había dado la oportunidad de decirle lo de mi embarazo. Solo con decirle que lo amaba lo había hecho huir.

A través de las lágrimas vi un coche negro aparcado delante de la casa. Era Nathan, que venía para llevarme al aeropuerto.

Finalmente entendí por qué Edward había roto la relación y por qué estaba tan decidido a no amarme.

Porque así no tendría que sentirse nunca como me sentía yo.

Respiré hondo y agarré mi maleta. Me juré que nunca más volvería a llorar por Edward. Lo único que importaba era nuestro bebé.

No.

Mi bebé.

Capítulo 6

OTRA vez aquí fuera?

Levanté la mirada y sonreí al ver a mi padrastro ante las buganvillas del jardín.

–Tenía la mañana libre. Jason pasará a recogerme dentro de una hora.

–Siempre tan ocupada –Howard soltó un exagerado suspiro–. Tendría que haberte convertido en una zombi cuando tuve la ocasión.

–Lo siento –ensanché mi sonrisa–. Ahora tendrás que hablarlo con mi agente.

La serie web había sido todo un éxito. En solo cuatro meses y medio me había convertido en una actriz de verdad. No era una estrella de cine como Madison, ni remotamente, pero ya había participado en anuncios y en varias series de televisión. A veces era divertido y otras, tremendamente aburrido. No era el maravilloso sueño que me había imaginado, pero al menos me mantenía ocupada después de haber abandonado mi verdadero sueño en Londres.

–Debe de ser muy duro ser tan popular –comentó Howard, y miró alrededor con una sonrisa en su bronceado y arrugado rostro–. Has hecho que el jardín vuelva a la vida. Igual que lo tenía Hannah.

–Gracias –me quité los guantes y observé las rosas rojas y amarillas. Con mi barriga de siete meses tenía que sujetarme para no perder el equilibrio.

Desde mi regreso a California había ocupado la habitación de mi infancia en casa de Howard, una lujosa mansión en Beverly Hills. Cuando no estaba trabajando me dedicaba al jardín de mi madre. En abril disfrutaba con el sol, pero a finales de julio agradecía estar a la sombra.

—Gracias por dejar que me quede tanto tiempo —le dije a mi padrastro—. Cuando te dije que venía a visitarte no sospechabas que me instalaría de manera permanente —añadí, medio en broma medio en serio.

—Escucha —me puso la mano en el hombro—. Cada día que pasas aquí, con un nieto en camino, es una bendición —miró las rosas con nostalgia—. Has empezado una nueva carrera y una nueva vida. Tu madre se habría alegrado muchísimo y habría estado orgullosa de ti, Diana.

—Gracias, Howard —dije con un nudo en la garganta.

Me resultaba curioso que no siempre me hubiera gustado Howard. Al principio no quería que nadie sustituyera a mi padre, y los dos hombres no podrían ser más diferentes. Mi padre era tranquilo, estudioso y atento. Howard Lowe era mucho más deslenguado y vocinglero y no tenía problemas en gritar, especialmente a los actores, o empezar una pelea.

Pero a pesar de su temperamento había amado a mi madre más que a su vida y a mí me había acogido desde el primer momento, cuando yo era una niña de once años, triste, aplicada e introvertida, todo lo contrario que su hija, Madison.

Tragué saliva y contemplé las flores exóticas que crecían bajo los cipreses, pinos y palmeras.

—Has sido muy bueno conmigo, pero lamento que Madison te esté castigando con su silencio por mi culpa...

—Tendrá que superarlo. Somos una familia.

—Nunca me perdonará por haber arruinado su relación con Jason.

—Si fue tan fácil arruinarla, es que no era tan importante –me dio una palmadita en el brazo–. Me alegro de que estés aquí, Diana. No tengas prisa en marcharte, y menos con Jason Black. No me inspira mucha confianza un hombre que no sabe a qué hermana prefiere para casarse.

–¡Howard, tú sabes que Jason y yo solo somos amigos!

–Claro que lo sé, pero no creo que él lo sepa.

Suspiré. Después de rodar la serie web, Jason y yo habíamos salido juntos a menudo, cada vez que él tenía un hueco en el rodaje de su película. Tras el escándalo del último año los paparazzi nos seguían a todas partes, aunque solo estuviéramos tomando un café. La semana anterior habíamos salido en todas las revistas del corazón: *El triángulo amoroso de Madison Lowe*, rezaba un titular. *La hermanastra embarazada de Madison contraataca y vuelve con el padre del niño, Jason Black*.

Me había estremecido de horror al leerlo. Demasiado para intentar evitar a los periodistas y mantener un silencio digno.

–Diles a todos que es mío –le había sugerido Jason–. Al fin y al cabo, lo será cuando nos hayamos casado.

–No vamos a casarnos, Jason. Solo somos amigos.

¿Pero él realmente lo aceptaba?

–El amor es un juego de tontos –le espeté a Howard.

Al darme cuenta de a quién estaba citando suspiré con irritación. Ya no amaba a Edward. Me había convertido en él.

–Está bien, está bien –me calmó Howard–. Sea lo que sea, yo me mantengo al margen. Pero no sé a qué acuerdo llegaste con el padre del bebé, ni por qué decidiste que sería un error contarle lo de tu embarazo.

–No quería que...

–Sí, ya sé que no te gusta hablar de ello. Pero escucha a la voz de la experiencia. La vida es corta y pasa en un santiamén. Aunque ese tipo sea un idiota, al menos se merece conocer a su hijo.

Me arrepentí de habérselo contado todo a Howard. Edward me hacía más feliz que nadie, pero él no quería ser feliz conmigo.

Una bandada de azulejos sobrevoló el jardín de mi madre y se elevó en el radiante cielo azul. Sentí un nudo en la garganta y aparté la mirada.

–Me dijo que no quería tener hijos. Le hice un favor al ocultárselo.

–La gente cambia. A veces para mejor. Merece tener la oportunidad...

–La tuvo, y me arrojó mi amor a la cara. No le daré la oportunidad de hacerle lo mismo a mi hija.

–Entiendo que te hizo daño –me miró fijamente a los ojos bajo el ardiente sol de California–. Pero acepta un consejo de este viejo que te quiere. Aprovecha la oportunidad que te brinde el amor cuando se presente. Ahora crees que habrá muchas oportunidades, pero no es así –se le trabó la voz–. Tú lo sabías, antes de que él te volviera dura y cínica. Cuando pienso en lo dulce y encantadora que eras me entran ganas de partirle la cara a Edward St. Cyr –frunció el ceño en una mueca feroz–. Si me tropiezo alguna vez con él...

La verja del jardín se abrió con un chirrido.

–Jason...

Pero no era Jason. Al otro lado del jardín, frente a las brillantes flores rosas y con el sol iluminando su pelo negro y sus ojos azules, estaba Edward.

–¿Es cierto? –preguntó, bajando la mirada a mi abultada barriga–. ¿Estás embarazada?

No pude responder. Edward dio un paso hacia mí, y otro. Sus ojos me devoraban, como si hubiera estado soñando conmigo durante meses y no se pudiera creer que fuera real.

—¿Es mío? ¿O es de Jason Black?

Me temblaba todo el cuerpo.

—Es tuyo —respondió Howard por mí.

—¡Howard! —exclamé.

—Oh, vamos. No vas a mentirle. Al menos, no por mucho tiempo.

—Te estás entrometiendo.

—Te estoy ahorrando más problemas, pero ya me lo agradecerás después. Si me disculpas... —caminó hacia la verja y se detuvo delante de Edward—. Ya era hora de que dieras la cara —se frotó la barbilla pensativamente—. Así podré partírtela...

—¡Howard! —grité.

—En otro momento —dijo él rápidamente, y salió del jardín.

Edward y yo nos quedamos mirándonos a través del césped. Una barba incipiente le oscurecía la recia mandíbula y tenía ojeras, como si llevara días sin dormir. Pero nunca me había parecido tan atractivo.

No, no quería ni debía sentir nada por él.

—¿Qué haces aquí?

—Vi tu foto en Internet —parecía inseguro, lo que era extraño en él—. El artículo decía que Jason Black era tu novio, pero...

—Daré a luz en septiembre.

Él hizo el cálculo mentalmente y torció el gesto.

—Entonces yo soy el padre.

Bajé la mirada a la hierba de color esmeralda, exuberante y puntiaguda.

—Lo siento. Sí.

—¿Cómo es posible? Tuvimos cuidado...

—Al parecer, no el suficiente.

—Tú sabías que estabas embarazada cuando te marchaste de Londres, ¿verdad? —su voz era engañosamente tranquila—. Lo sabías y no me lo dijiste.

–Te hice un favor.

–¿Un favor?

–No querías tener hijos. Fuiste muy claro –los dientes me castañeaban por la emoción y sentía frío a pesar del sol de julio–. No querías un hijo ni me querías a mí.

Edward se acercó.

–¿Y por eso te vengaste?

Sacudí la cabeza con vehemencia.

–¡Intenté decírtelo! Pero en cuanto te confesé mis sentimientos saliste corriendo.

–No te atrevas a...

–¡Dijiste que querías cortar por lo sano! –mi voz sonaba estridente y chillona, a pesar de mis esfuerzos por mantener la calma–. ¡Me dijiste que no querías volver a verme! Intenté decírtelo y te fuiste sin escucharme. ¿Es que lo has olvidado?

Edward se detuvo a escasos centímetros de mí.

–¿Por eso volviste con Jason? ¿Porque yo no te escuché? ¿O era él con quien querías estar realmente?

–Te quería a ti. Te lo dije. Estaba enamorada de ti. Te amaba como nunca volveré a amar a nadie.

–Me amabas...

–Ya no. Amarte casi me mata. Me rechazaste y me abandonaste. No podía permitir que también la rechazaras a ella.

Edward abrió los ojos como platos.

–¿Ella?

–Voy a tener una niña.

Su expresión se llenó de asombro y alargó los brazos hacia mí.

–Vamos a tener una niña...

Me aparté antes de que pudiera tocarme.

–No, nosotros no. Yo voy a tenerla. Ahora puedo mantenernos –endurecí el gesto–. No te necesitamos.

El dolor se reflejó en su atractivo rostro.

–Ni siquiera vas a darme la oportunidad...

–Ya te la di.

–No sabía que estabas embarazada.

–Me dejaste muy claro que no querías hijos. Nunca.

–Las personas pueden cambiar.

–¿Qué intentas decir, Edward? ¿Que quieres formar parte de nuestras vidas ahora que no te necesito ni te quiero? ¡Olvídalo!

–¿Porque ahora tienes todo lo que querías... una carrera como actriz y a Jason Black?

–¡No metas a Jason en esto!

–¿Te ha pedido que te cases con él?

Desvié la mirada sin responder.

–Lo ha hecho, ¿verdad? A él pudiste perdonarlo por acostarse con tu hermanastra, pero a mí no por dejarte marchar.

–Mira –lo miré furiosa–, no sé por qué clase de crisis espiritual estarás pasando, pero no nos metas a nosotras.

–Es mi hija.

–Solo biológicamente.

–¿Solo?

–No te harías cargo ni de una maceta. ¡Tú mismo lo dijiste!

–Podría cambiar.

–No –la palabra quedó suspendida en el aire, fría y cruel.

–¿Qué te ha pasado, Diana? –me preguntó con suavidad.

–¿No lo sabes? La chica ingenua que conociste murió en Londres.

–Dios mío –susurró él. De nuevo intentó tocarme, pero yo retrocedí–. Está bien, Diana –aceptó tranquilamente–. Está bien.

Parpadeé con fuerza para contener las lágrimas y me

alejé rápidamente. Las piernas casi no me sostenían. Me senté en un banco de mármol, oculto entre los árboles. Pero él me siguió y permaneció de pie a escasos metros.

–Tenías razón –le dije–. Debería haberte escuchado cuando intentaste avisarme. El amor es un juego de tontos. El único modo de ganar es no jugar.

Él respiró hondo y se mantuvo muy rígido, como si se estuviera conteniendo, pero luego se acercó y se sentó en el otro extremo del banco, con cuidado de no tocarme.

–Lo siento. No quería que lo aprendieras de mí.

–Me ayudó a madurar.

–Déjame decirte algo más –el sol iluminaba su rostro y sus ojos destellaban como la superficie del océano–. Nunca debí dejarte marchar.

Lo miré boquiabierta y él me sonrió.

–Desde que te marchaste supe que había cometido el mayor error de mi vida. He venido a California a intentar recuperarte.

Me había quedado sin palabras. Apenas me podía creer que Edward estuviera sentado en el jardín de mi madre, a mi lado, en el banco de mármol que Howard le había regalado un año por el Día de la Madre.

–¿Quieres que vuelva contigo? –pregunté con un hilo de voz.

–Más que nada.

Pensé en los meses de angustia y sufrimiento que había soportado tras dejar Londres. A duras penas había conseguido superarlo, pero sabía que no podría sobrevivir a otro desamor. Finalmente había dejado de amar a Edward, y así iba a seguir.

–Todos tenemos que ser consecuentes con nuestras decisiones –dije tranquilamente–. Yo he seguido adelante, y lo mismo deberías hacer tú.

–Parece que se te olvida algo –se irguió y endureció su postura–. Soy el padre de la niña y tengo derechos.

Me puse rígida. ¿Me estaba amenazando?

–No quiero discutir contigo ni causarte problemas, Diana. He venido a decirte que me equivoqué.

–Es curioso –me di la vuelta y solté una amarga carcajada–. Porque había decidido que tenías razón al romper como lo hiciste. Una relación estable solo nos habría causado sufrimiento. La única opción segura es ser amigos con beneficios.

–¿Es eso lo que tienes con Jason?

–Más o menos.

–¿Podrías ser más concreta?

–Más amistad, menos beneficios.

–¿Cuánto menos?

Apreté los dientes y lo admití de mala gana.

–Nada.

Edward se relajó visiblemente y se inclinó hacia mí.

–Diana, ¿no quieres que nuestra hija tenga lo mismo que tuviste tú, dos padres y un hogar?

–Claro –me encogí de hombros–. En un mundo perfecto...

–Puede tenerlo. Lo único que tienes que hacer es decir que sí.

Alcé el mentón.

–¿Qué me estás pidiendo exactamente?

–Te estoy pidiendo, tontita, que te cases conmigo.

Tenía que estar soñando. Me quedé atónita en el banco de mármol. Los pájaros piaban sobre las palmeras y una suave brisa soplaba entre las flores, envolviéndome con la fragancia a rosas.

–¿Qué has dicho? –susurré.

Edward me clavó su intensa mirada.

–Quiero casarme contigo.

Me eché hacia atrás.

–No lo entiendo –me llevé una mano a la cabeza, sintiendo que me daba vueltas–. Todo lo que dijiste en Londres... juraste que nunca tendrías mujer ni hijos.

–Todo ha cambiado.

–¿Por qué?

–Estás embarazada de mí. Y te deseo, Diana. Nunca he dejado de desearte. Desde que te fuiste solo puedo pensar en ti.

Me eché a reír, nerviosa.

–Seguro que has tenido otras amantes...

–No.

–¿En cuatro meses?

–Solo te deseo a ti.

El corazón se me iba a salir del pecho.

–No has venido a California porque me desees –dije, intentando controlar mis emociones–. Solo has venido al enterarte de que estaba embarazada.

–Estaba esperando a que me llamaras. Creía que lo harías.

Lo miré con incredulidad.

–¿Creías que iba a llamarte después de lo que me dijiste?

–Las mujeres siempre intentan volver conmigo –sonrió tristemente–. Pero tú no.

Respiré profundamente y pensé en cómo habían sido los últimos meses. Sola y destrozada, derramando lágrimas en silencio hasta caer rendida para verme indefensa ante el despiadado ataque de los sueños.

–Tu embarazo me obligó a hacer lo que temía hacer. Venir a buscarte y pedirte que volvieras conmigo.

Un estremecimiento más fuerte que el rencor y el orgullo me recorrió por dentro, pero me obligué a negar con la cabeza.

–Te deseo –su mirada me hacía temblar y evocar la pasión que habíamos compartido–. Te necesito, Diana.

—Solo echas de menos el sexo —murmuré con voz ronca—. No es razón suficiente para casarse.

—No quiero casarme contigo por el sexo —se enderezó en el banco, recordándome lo grande y poderoso que era—. Quiero que nos casemos para que nuestra hija tenga una infancia como la tuya, no como la mía.

Tragué saliva al recordar lo solitaria que había sido su infancia, con una madre que lo abandonó cuando tenía diez años y un padre que lo ignoraba. Hasta el idolatrado jardinero que le había enseñado a pescar lo había dejado solo. Y después el internado, su horrible primo, un castillo vacío...

—No tienes de qué preocuparte —le toqué el hombro—. Nuestra hija estará siempre bien —me puse las manos sobre la barriga—. Te lo prometo.

—Lo sé —me miró a los ojos—. Porque yo estaré ahí.

—Edward...

Él puso una mano sobre la mía, arrancándome un gemido al sentir su peso descansando protectoramente sobre la vida que habíamos creado.

—No voy a perderla —me miró la barriga con un atisbo de sonrisa—. Ni a ti.

Se me secó la garganta.

—Pero yo no te quiero —murmuré, como si aquellas palabras fueran una especie de hechizo que pudiera hacerlo desaparecer—. Nunca volveré a quererte.

Él sonrió, se inclinó hacia mí y me puso una mano en la mejilla.

—Entonces, seremos amigos con beneficios.

—¿Casados?

—Por supuesto.

—No voy a permitirte que hagas esto —dije, temblando bajo su tacto—. No puedes volver así como así, después de haberme roto el corazón, y obligarme a que te acepte en mi vida.

–Quieres decir que tendré que ganármelo.

–Bueno... sí... ¿por qué sonríes?

–Por nada. Sé muy bien lo que debo hacer –se deslizó por el banco hasta hacerme sentir su calor corporal–. Haré lo que haga falta para recuperar lo que he perdido.

–No puedes. Eres el padre de mi hija, pero nada más. No volveré a ofrecerte mi corazón ni mi cuerpo. No me acostaré contigo. Y de ningún modo me casaré contigo.

Él me estrechó entre sus brazos.

–Ya lo veremos...

Sentí la dureza de sus músculos, oí su gemido y me di cuenta de que también él estaba temblando. Fue mi último pensamiento antes de que tomara posesión de mi boca con una avidez irresistible. Los colores del jardín se arremolinaron en torno a nosotros, sumiéndome en un torbellino rosa y verde que me elevó hacia el cielo. Contra mi voluntad, le devolví el beso.

Solo un beso. Un último beso de despedida. Antes de echarlo de mi vida para siempre.

Capítulo 7

LA BRISA marina agitó las diáfanas cortinas blancas al otro lado del bungalow cuando me asomé por la puerta frontal.

—¿Edward? —lo llamé indecisamente—. ¿Estás ahí?

No hubo respuesta. El viejo reloj marcaba las nueve en punto. La minúscula cocina estaba vacía y a oscuras. Edward me había pedido que fuera aquella noche expresamente, en cuanto acabara de rodar un anuncio al otro lado de la ciudad. ¿Dónde se había metido? No podía haberse olvidado de la cita.

Desde que había llegado a California se había desvivido por cuidar de mí, anteponiéndome a todo. El tiempo que pasamos juntos fue casi como en Cornwall, con la diferencia de que hacía más sol y que no teníamos sexo. No fue impedimento, sin embargo, para que Edward pasara conmigo el mayor tiempo posible. Me llevaba a cenar, me daba masajes en los pies y me ayudaba a comprar cosas para la niña. Yo seguía durmiendo en la habitación de mi infancia en casa de mi padrastro. Una noche tuve antojo de sandía y helado de caramelo y él se presentó a las tres de la mañana con los manjares. Tuvo que tirar piedrecitas a mi ventana para que le abriera.

Ningún hombre podía ser tan bueno durante tanto tiempo. Y yo tenía que mantenerme firme para no caer rendida a sus pies. Edward me había dejado muy claro lo que quería. Matrimonio, un hogar compartido para nuestra hija y a mí en su cama. Pero yo sabía que tarde o temprano volvería a su vida de mujeriego egoísta y adicto al trabajo.

Había empezado a acompañarme al ginecólogo, y cuando vio la primera ecografía y oyó el corazón de su hija sus ojos destellaron de manera sospechosa.

–¿Eso eran lágrimas? –le pregunté cuando salimos.

–No digas tonterías –respondió, secándose con la mano–. Es solo polvo, nada más –y para cambiar de tema me ofreció una comida en un famoso restaurante donde el plato más barato costaba cuatrocientos dólares.

–No, prefiero una hamburguesa, patatas fritas y yogur helado en una cafetería de la playa. ¿No te importa?

–Claro que no. Si tú eres feliz, yo también lo soy.

Durante el último mes su única ocupación en California había sido cuidar de mí. Me trataba no solo como a la madre de su hija y objeto de deseo, sino como si fuera una reina.

Era muy difícil resistirse. A pesar de mis enconados esfuerzos, Edward estaba derribando mis defensas poco a poco. Pasaba con él todo el tiempo que no estaba trabajando, lo que irritaba sobremanera a Jason.

–Ya no tienes tiempo para mí –se quejó cuando nos vimos en el plató–. Te estás enamorando de él otra vez.

–No es verdad –protesté.

Pero mientras atravesaba el bungalow de Edward, oscuro y vacío, no estaba tan segura. ¿Podría ser que se hubiera cansado repentinamente de mí y del bebé y se hubiese largado a Londres en su avión privado, olvidando que teníamos una cita aquella noche?

Recordé el brillo de sus ojos aquella mañana, mientras desayunábamos gofres y fresas en una cafetería cercana al plató donde había rodado un anuncio.

Jason tenía razón. Estaba empezando a confiar en Edward de nuevo. Endurecí la mandíbula y salí a la piscina trasera, con vistas a la playa.

–¿Edward?

No hubo respuesta. Cerré los ojos y me deleité con la brisa marina en mi acalorada piel. El mes de agosto y mi avanzado estado de gestación me estaban matando de calor. Volví a entrar y cerré la puerta mosquitera, antes de atravesar el salón con mis chancletas resonando en el suelo de madera.

Debería haber llegado horas antes, pero el rodaje se había alargado y luego había recibido una llamada de mi agente.

–Es tu gran oportunidad, Diana –me había gritado al oído–. Te han ofrecido el papel protagonista del mayor éxito del verano. La actriz contratada se retiró en el último momento y te ha sugerido a ti...

–¿A mí? –pregunté, confusa–. ¿Quién?

–Alguien con muy buen gusto. El rodaje comenzará unas semanas después de que des a luz –mi agente rebosaba entusiasmo–. ¿No es perfecto? Tendrás tres semanas para perder peso antes de ir a Rumanía.

¿Tendría que perder quince kilos en tres semanas? ¿Y adónde había dicho que tenía que ir?

–¿Rumanía?

–Por tres meses. Es muy bonita en otoño.

–Pero ¿y mi hija?

–Llévala contigo. Tendrás a tu disposición un tráiler de lujo. Puedes buscar una niñera –yo no respondí–. O dejarla aquí con su padre. Lo que quieras. Pero no puedes rechazar este papel, Diana. Es tu gran oportunidad. Tu nombre aparecerá sobre el título.

Extrañamente, no sentía la emoción que cabría esperarse. Por supuesto que aceptaría el papel, no me quedaba elección. Aquello era lo que siempre había anhelado, y ese golpe de suerte no se daba todos los días. Pero al imaginarme perdiendo quince kilos en tres semanas y llevando a mi hija recién nacida a Rumanía para vivir en un tráiler, me sentí exhausta.

–Te... tengo que pensarlo.

–¿Estás de broma? Si rechazas esto no sé si podré ayudarte en el futuro. Necesito saber que estamos en el mismo equipo.

–Lo entiendo.

–Te llamaré mañana por la mañana para saber tu respuesta. Y espero que sea la correcta.

No sabía qué hacer. Quería hablarlo con Edward, pero tenía el presentimiento de que me apoyaría en cualquier decisión que tomara. Incluso estaría dispuesto a acompañarme a Rumanía.

Pero ¿dónde estaba Edward? Yo me había presentado con dos horas de retraso. ¿Se había hartado de esperar y había ido a pasear por la playa? Malibú era un lugar precioso. Yo lo había convencido para que alquilase aquel bungalow.

El día que llegó a Beverly Hills me dijo que estaba pensando en comprarse una casa cercana a la de mi padrastro valorada en veinte millones de dólares.

–Quiero estar lo más cerca posible de ti –era su única justificación.

Primero pensé que se había vuelto loco, y luego que sería mejor tenerlo a una considerable distancia para que dejara de perseguirme. Por tanto, lo convencí de que alquilase una casa en la playa.

–Tendrás que ayudarme a elegirla –había sido su condición.

La agente inmobiliaria nos había enseñado los palacetes y mansiones más lujosos de la ciudad. Pero ni a Edward ni a mí nos interesaban aquellas ostentosas residencias con siete dormitorios, diez baños, pista de tenis, bodega y cine privado. Finalmente, desesperada, la agente nos llevó a ver una vivienda fea y achaparrada de los años cuarenta en la playa de Malibú. La primera reacción de Edward fue pasar de largo, pero al ver mi expresión cambió de idea. No tenía aire acondicionado, la cocina era ridículamente pequeña y la última reforma databa de 1972, pero había algo en ella que me recordaba a la casa de mi familia en Pasadena, donde había vivido hasta la muerte de mi padre.

—Nos la quedamos —decidió Edward inmediatamente.

¿Dónde estaría? Subí pesadamente los escalones hasta la buhardilla. Solo había estado allí una vez, cuando la agente nos enseñó la casa. Era un pequeño dormitorio con techos inclinados y un minúsculo balcón con vistas al mar.

Al llegar arriba solo vi el resplandor anaranjado del sol descendiendo sobre el mar. Entonces vi a Edward, sentado en la cama, y...

Ahogué un gemido.

Cientos de pétalos de rosa de múltiples colores estaban esparcidos por la cama y el suelo, iluminados por velas blancas en las mesillas y estanterías. Edward estaba desnudo de cintura para arriba. Al verme se levantó y fue hacia mí, sonriendo.

—Te estaba esperando.

—Ya lo veo —susurré, consciente del peligro que corría.

Edward agarró una rosa de un jarrón y me acarició la mejilla con sus pétalos.

—Conozco tu secreto.

—¿Mi secreto?

—Cómo has intentado resistirte a mí... sin éxito.

—No es verdad. No he accedido a casarme ni a acostarme contigo. Aún no —me puse colorada, pues estaba dando a entender que muy pronto lo haría.

Él sonrió y señaló una caja llena de libros.

–La señora MacWhirter me ha mandado esa caja. Parece que te dejaste algo en Penryth Hall.

Miré la caja abierta. En lo alto del montón estaba el libro de la señora Warreldy-Gribbley: *Enfermería profesional...*

Miré a Edward con las mejillas ardiéndome.

–No te ha servido de mucho, ¿verdad? –dijo él, riéndose.

Me mordí el labio inferior y negué con la cabeza.

–¿Qué crees que diría la señora Warreldy-Gribbley si te viera ahora?

Me miré la barriga bajo el vestido.

–No creo que tuviera palabras.

–Pues yo creo... –me acarició el hombro– que te diría que te cases conmigo.

Me sacudió un temblor. Lo miré con el ceño fruncido.

–¿Siempre te sales con la tuya?

–Pregúntamelo mañana –respondió él, y clavó una rodilla delante de mí.

–¿Qué haces? –le pregunté, boquiabierta.

–Lo que debería haber hecho hace mucho. Sabes que quiero casarme contigo, Diana. Te lo pido una última vez. Lo único que quiero es hacerte feliz –se sacó del bolsillo un estuche negro de terciopelo y lo sostuvo a la luz de las velas–. ¿Me darás la oportunidad?

No podía moverme ni respirar. En aquel momento supe que mi futuro y el de mi hija dependerían de la elección que tomara.

–Diana –abrió el estuche–. ¿Quieres casarte conmigo?

Ahogué una exclamación de asombro al ver el enorme diamante del anillo.

–Es del tamaño de un iceberg...

–Te mereces lo mejor.

En los años que había pasado en Hollywood había visto diamantes de todos los tamaños, pero nada como aquello.

–No me hagas esto. No tenemos por qué casarnos. Podemos vivir separados y criar juntos a nuestra hija...

–No, no es eso lo que quiero –siguió con una rodilla en el suelo–. ¿Qué respondes?

Lo miré, contemplé los pétalos, las velas, y respiré hondo.

–Cambiarás de opinión...

–No lo haré –dudó–. Pero si amas a otra persona...

Negué con la cabeza.

–¿Entonces? –me preguntó dulcemente.

–Tengo miedo. Una vez te amé y casi fue mi perdición.

–No tienes que amarme.

¿Un matrimonio sin amor? No soportaba aquella idea.

–Temo que si nos casamos te arrepientas y desees volver a tu vida de antes...

–Solo me arrepentiré si dices que no.

–¿Dónde viviríamos? –pregunté con una risa histérica–. No puedes pasarte la vida esperándome mientras yo me dedico a hacer anuncios... Tarde o temprano tendrás que volver a tu trabajo.

Él me miró con una expresión inescrutable a la luz del crepúsculo.

–Tienes razón.

–No quiero vivir en Londres. Allí fuimos muy desgraciados.

–Hay otras opciones.

–¿Como cuáles?

–El mundo entero –se levantó y se puso mi mano izquierda sobre el corazón. Podía sentir sus fuertes latidos–. No volveré a hacerte daño, Diana –dejó la rosa y el estuche en la mesita y me estrechó entre sus brazos. Me acarició el pelo y bajó las manos por mi espalda, desnuda salvo por las cintas del vestido–. Déjame demostrártelo...

Agachó la cabeza para besarme, y esa vez no pude resistirme a sus tiernos y sensuales labios. No solo estaba abrazando mi cuerpo. Estaba acariciando mi alma.

–Cásate conmigo, Diana –me susurró, rozándome con sus labios.

Todas las razones por las que no debía hacerlo me invadieron de golpe. Pero el beso de Edward las disipó como la niebla de la mañana.

Quería, necesitaba creer en él. Y no podía seguir manteniendo por más tiempo el secreto de mi corazón.

Amaba a Edward. Nunca había dejado de amarlo. Y lo único que quería era que él también me amase.

–Di que sí –me besó en las mejillas, los labios, los párpados–. Di...

–Sí –dije en voz baja.

Él se echó hacia atrás. La esperanza y la duda se reflejaban en sus ojos azules.

–¿Lo dices en serio?

«Por favor, que esta vez salga bien».

Asentí, incapaz de hablar.

Él agarró el estuche negro y me deslizó el anillo en el dedo anular de la mano izquierda. El diamante era enorme y pesado. Edward se llevó la mano a los labios y me besó la palma.

En el dormitorio iluminado por las velas, con la ventana abierta y el murmullo de las olas de fondo, su gesto me llegó al corazón.

Me levantó en sus brazos como si no pesara nada. Me dejó con cuidado en la cama y me quitó las sandalias para besarme los pies. A continuación me quitó el vestido y me dejó en ropa interior. Las braguitas blancas de algodón y el sujetador casi no se veían entre mis abultados pechos y mi prominente barriga.

El diamante pesaba una tonelada, y de repente me asaltó una duda. Iba a casarme con Edward y a entregarle no solo mi cuerpo, sino mi futuro, mi vida y la vida de mi hija... ¿Estaría cometiendo una locura, sabiendo todo lo que sabía de él?

Edward me sujetó la cara y me miró con ternura.

—Lo único que quiero es cuidar de ti para siempre...

—Y yo quiero hacer lo mismo por ti —estaba tan enamorada que necesitaba creer que la fantasía era cierta. Lo abracé por los hombros y lo besé con labios temblorosos. Él entrelazó sus manos en mis cabellos y me respondió con una pasión aún mayor de la que me abrasaba por dentro.

Se echó hacia atrás para desnudarse y me tumbó con delicadeza boca arriba. Mi pelo se derramaba sobre la almohada. Cerré los ojos al sentir sus labios en el cuello y aspiré su olor, limpio y varonil, mezclado con la brisa marina y la fragancia de los pétalos.

Me quitó el sujetador y atrapó un pezón con la boca. Los pechos me habían crecido tanto que necesitó las dos manos para abarcar cada uno.

—Estás en el tercer trimestre —murmuró—. El médico dijo que no debías pasar mucho tiempo de espaldas.

Antes de saber lo que estaba pasando, Edward me colocó sobre él con las piernas separadas, sentada a horcajadas sobre sus caderas. Mi barriga se interponía entre nosotros y mis pechos colgaban hasta casi tocarle la cara. Sentí su erección, enorme y durísima, entre los muslos. Las hormonas que llevaba meses intentando ignorar se descontrolaron y se apoderaron de mí en un arrebato de deseo salvaje. Me elevé ligeramente y descendí con fuerza, clavándome su miembro hasta el fondo. Él ahogó un gemido y me agarró las caderas,

pero yo no me detuve y empecé a cabalgarlo frenéticamente, más y más rápido, hasta que los dos alcanzamos
el clímax al mismo tiempo y nos fundimos con las sombras de la noche.

Después me apretó fuertemente contra él y me besó
en la sudorosa frente.

–No quiero perderte nunca.

–Pues no lo hagas –susurré. Me sentía henchida de
felicidad, acurrucada contra su pecho.

–Vámonos a Las Vegas.

–¿A Las Vegas? ¿Qué quieres, que nos fuguemos
para casarnos?

–No quiero darte la oportunidad de que cambies de
opinión.

–No lo haré –me miré el anillo–. Es muy pesado.
¿De cuántos quilates es, de diez?

–De veinte –me corrigió él, sonriendo.

–¿Qué? ¿Te has vuelto loco?

–Te compraré un anillo para la otra mano. No será
un problema –me acarició la cara–. Solo tienes que decirme que te escaparás conmigo mañana.

Todo sonaba demasiado idílico.

–¿Sin mi familia?

–Tendría que habérmelo imaginado –dijo él, riéndose–. Tráete a Howard. Y a quien quieras. Hay sitio de
sobra en el avión –se frotó la mandíbula–. Aunque me
preocupa su intención de partirme la cara.

–Howard nunca haría eso. Ahora te quiere mucho
–dejé de sonreír–. Madison viene esta noche a casa...

–¿De Mongolia? ¿Es la primera vez que la ves desde
que estuvo en Penryth Hall?

–Sí, tengo que arreglar las cosas –suspiré y me levanté para vestirme.

–No te vayas –me tendió el brazo–. Quédate conmigo esta noche.

Lo miré, tentada, pero negué con la cabeza.

—Tengo que hablar con Madison. Si me perdona por romper su compromiso y Howard puede venir, entonces...

—¿Entonces? —preguntó él, esperanzado.

Le sonreí con lágrimas de felicidad en los ojos.

—Entonces me escaparé contigo por la mañana.

Edward se levantó, me tomó entre sus brazos y me besó con dulzura.

—Vete a casa y habla con tu familia —su sonrisa era más radiante que el sol—. Te veré mañana.

Era maravilloso estar en sus brazos. Me mordí el labio inferior, reacia a marcharme.

—Pensándolo bien, podría quedarme aquí esta noche y ver mañana a Madison...

Él se rio y negó con la cabeza.

—No, vete y habla con ellos. Mañana empezaremos nuestra nueva vida. De todos modos, tengo que hacer algo esta noche.

—¿El qué?

—Algo —respondió evasivamente.

—¿Una despedida de soltero? —pregunté medio en broma, pero él ni siquiera sonrió.

—No es nada —se giró y se puso los vaqueros—. Una última cosa que quiero hacer antes de casarme.

—¿Oh? —esperé que se explicara mejor, pero él evitó mirarme a los ojos.

—Te acompaño fuera.

Un momento después, estaba saliendo del camino de entrada y tomando la autopista del Pacífico. Al mirar el reflejo de la luna sobre el océano y las luces de las mansiones que se alineaban en la costa, pensé que nunca había sido tan feliz. Ni había tenido tanto miedo.

Porque lo amaba, pero él no me había dicho ni una

sola vez que me amara. Agarré con fuerza el volante y me convencí de que todo saldría bien.

Edward no necesitaba amarme. Podíamos ser felices juntos como amigos, amantes, padres.

Pero ¿qué era eso tan importante que tenía que hacer antes de casarse?

No importaba. Me había prometido que no volvería a romperme el corazón. Seguramente me estaba preparando una sorpresa, un regalo de boda o algo así. Cuando lo viera por la mañana me reiría de mis temores. Casarme significa que podía confiar en él y que nunca más volvería a sentirme insegura.

«No es nada. Una última cosa que quiero hacer antes de casarme».

Estaba a cuatro manzanas de la casa de mi padrastro cuando le di un manotazo al volante. El diamante me hizo un corte en el dedo y grité de dolor.

Al diablo. Iba a volver a Malibú para averiguar qué me estaba ocultando. Si era un regalo de boda, ya me lamentaría más tarde por fastidiar la sorpresa.

Treinta minutos después estaba entrando en la calle de Edward, cuando vi un lujoso todoterreno deteniéndose frente a su casa. Mi desconcierto fue mayúsculo al ver quién se bajaba del asiento del conductor.

Era Victoria. La exuberante y escultural esposa de Rupert, ataviada con un ceñido vestido rojo y unos altísimos tacones.

Reduje la velocidad y pasé frente a la casa sin detenerme, pero por el espejo retrovisor vi que se abría la puerta y que Edward la hacía entrar rápidamente.

La puerta se cerró tras ellos.

Un bocinazo delante de mí evitó que me chocara con el tráfico que circulaba en sentido contrario. Tenía el cuerpo empapado en sudor. ¿Eso era lo que Edward quería hacer antes de casarse?

¿Una despedida de soltero para dos?

Recordé las palabras de Victoria. «Habría hecho lo que fuera por acostarme con él».

Aturdida, regresé a la autopista para volver a Los Ángeles. Tenía que haber alguna explicación racional para que Victoria estuviera con Edward. Pero solo podía pensar en que Edward nunca me había profesado amor. Solo quería casarse por el bien del bebé. Y para tenerme en su cama.

Aún no me había prometido fidelidad, por lo que no había roto ninguna promesa, salvo la de que nunca me rompería el corazón.

¿Por qué estaba Victoria allí, a solas con él? ¿Por qué lo visitaba a esas horas de la noche, llevando un ceñido vestido rojo? ¿Qué estaba haciendo ella en California?

Me sequé los ojos con furia.

El tráfico era muy escaso y no tardé en llegar a casa de Howard. Vi el descapotable de Madison aparcado en el camino de entrada, tan rojo como el vestido que lucía Victoria para su cita con el hombre con el que me iba a casar al día siguiente.

Las piernas me temblaban al entrar. En la cocina me encontré a Howard y a Madison, hablando animadamente. Intenté pasar desapercibida, pero ella me vio y se levantó, muy seria.

—Diana... Me alegro de volver a verte.

Me detuve, con los puños apretados. Madison estaba más morena, sin maquillaje ni pestañas postizas, con su pelo rubio aclarado por el sol y las mejillas más rollizas. Iba vestida con una camiseta blanca, vaqueros y chancletas.

—Pareces... distinta.

—Y tú pareces embarazada —observó ella con una sonrisa—. Papá me ha dicho que Edward y tú volvéis a estar juntos.

Las lágrimas amenazaron con afluir a mis ojos.

–Estoy cansada. Si me disculpas, me voy a dormir...

Conseguí llegar al dormitorio antes de empezar a llorar. A pesar del aire acondicionado sentía un calor agobiante. Me desnudé y caí rendida en la cama. Los pósteres que había colgado de joven, de los sitios que anhelaba visitar algún día, me miraban tristemente. Me sentía oprimida entre aquellas familiares paredes. Lloré hasta quedarme sin lágrimas y finalmente me quedé dormida.

El teléfono me despertó.

–¿Cuál es tu respuesta? –era mi agente. Me incorporé lentamente en la cama, con el pelo cayéndome sobre la cara y el cuerpo dolorido por la pasión con que Edward me había hecho el amor.

Pero entonces recordé lo que había pasado después. Cómo había visto a Victoria entrando en su casa para una última aventura. «Una última cosa que quiero hacer antes de casarme». El desencanto me enfrió la sangre y me cubrí con la colcha hasta el cuello.

–¿Y bien, Diana? –me preguntó mi agente en tono acuciante–. ¿Quieres ser una estrella?

Me sentía fatal. Fuera brillaba un sol espléndido y no había ni una nube en el cielo. Casi nunca llovía en California. Echaba de menos el desapacible clima de Cornwall.

–Claro –respondí sin entusiasmo–. ¿Por qué no?

Las felicitaciones de mi agente fueron tan efusivas que me tuve que apartar el teléfono de la oreja. Tras hablar brevemente de las condiciones del contrato, me puse una bata y bajé a la cocina, donde Madison se estaba comiendo un tazón de cereales.

–¿Una mala noche? –me preguntó Madison al verme–. Bonito anillo.

–Sí. ¿Lo quieres?

Ella se rio.

–¿Os habéis comprometido? ¡Cuánto me ale...!

–Edward me está engañando con otra.

Madison se quedó boquiabierta, pero su expresión se tornó dubitativa.

–¿Estás segura? En diciembre parecía muy enamorado de ti. Hasta me ignoró cuando intenté coquetear con él –admitió, ruborizándose.

–Estoy segura. Anoche vi a la mujer de su primo entrando en su casa, con un vestido muy sexy.

–Eso no quiere decir nada. Podría ser que...

–No quiero hablar de ello –dije, agarrando la leche y un cuenco.

–Está bien –aceptó ella de mala gana–. Pero aquí me tienes para lo que necesites.

No me podía creer que aquella fuese mi hermanastra.

–¿Qué te ha pasado en Mongolia?

–¿Qué quieres decir?

–Pareces tan... distinta.

–Supongo que he madurado. He decidido dejar de entrometerme en las vidas de los demás. Solo conseguía hacerme daño a mí misma –me miró a los ojos–. Siento mucho lo que te he hecho.

Le sostuve la mirada con dificultad, intentando no llorar. Entonces ella abrió la boca con asombro y yo me giré.

Edward estaba en la puerta de la cocina, vestido con un impecable esmoquin. Le sonrió a Madison y me miró.

–Parece que ya está todo perdonado –sus azules ojos brillaban de regocijo–. ¿Cuánto tiempo necesitas para estar lista?

Abrí la boca, pero ninguna palabra salió de mis labios. ¿Cómo se atrevía a comportarse así, y a mirarme como si me amara, cuando había estado con una mujer la noche anterior? ¡Y nada menos que con Victoria! Ni siquiera podía mirarlo a la cara.

Me quité el anillo, con gran dificultad al tener los dedos hinchados, y se lo tendí.

—He cambiado de opinión. No puedo casarme contigo.

Sus anchos hombros se encorvaron mínimamente y un sonido ahogado se elevó desde su garganta. Dio un paso adelante.

—¿Por qué? —me miraba como si lo hubiera traicionado. Como si fuera yo quien le hubiese roto el corazón.

—Creía que podía casarme contigo sin amor —sacudí la cabeza—. Pero no puedo —me sentía patética. Era lo mismo que decir que lo amaba—. Quiero algo real.

Me temblaba el brazo mientras sostenía el anillo. Él miró el diamante de veinte quilates como si fuera venenoso.

—Quédatelo.

—No puedo —le puse el anillo en las manos. Apenas podía contener las lágrimas—. Es mejor así. Puedes volver a Londres, y yo me iré a Rumanía a rodar la película —¿qué demonios me importaba ya la película? Ni siquiera sabía lo que estaba diciendo—. Solucionaremos lo de la custodia y podrás visitar a nuestra hija siempre que quieras.

—¿Visitar?

—Sí, claro —una garra invisible me atenazaba la garganta—. Solo quiero que seas libre.

—Libre —repitió, inexpresivo. Yo asentí—. Creía que podía hacerte feliz —su voz era como el último suspiro de un moribundo—. Pero no puedo obligarte a casarte conmigo. Y por supuesto que te mereces el amor verdadero. Te lo mereces todo.

Se me encogió el corazón. Me sentía como si me estuviera ahogando en el turbulento mar de sus ojos y viera la angustia que escondía su alma. ¿Sería posible que me hubiera equivocado? ¿Habría otra explicación para lo que había visto?

–¿Qué hiciste anoche? –exigí saber.

Él me miró fijamente y negó con la cabeza.

–No importa.

–¡Dímelo! –sabía que estaba haciendo el ridículo, pero no podía evitarlo. Si hubiera alguna oportunidad de que estuviera equivocada...–. ¿Qué hiciste anoche cuando me marché?

–Es mejor que no lo sepas –repuso serenamente. Se inclinó y me tocó la mejilla–. Ni a ti ni a la niña os faltará nunca de nada, Diana –agachó la cabeza y me besó por última vez–. Cuida de ella y sé feliz.

Y se marchó.

Me quedé mirando la puerta, de pie en el frío suelo de baldosas con una bata, una camiseta que no alcanzaba a cubrir mi barriga, unos pantalones cortos de pijama y una expresión atontada en el rostro.

La enorme cocina de mi padrastro se volvió borrosa a mi alrededor y me di cuenta de que estaba llorando. Ni siquiera podía sentir las lágrimas. Solo podía pensar en lo estúpida que había sido. Había dejado que Edward me rompiera el corazón dos veces...

–Eres una estúpida –dijo Madison en voz alta, como si me hubiera leído el pensamiento. Me sequé las mejillas y la miré, sentada a la mesa. Había olvidado que estaba allí–. ¿Lo has abandonado por una película? No hay carrera que pueda reemplazar al amor –se rio amargamente–. Yo mejor que nadie debería saberlo.

–Él no me quiere –dije con voz débil.

–¿Te has vuelto loca? ¿No has visto cómo te mira? Y por lo que papá me ha contado... –soltó un bufido–.

Ningún hombre hace tanto por una mujer a menos que la ame desesperadamente. Sobre todo un hombre como Edward St. Cyr.

–Él no me quiere –repetí, pero sin mucha convicción–. Así me lo dijo.

Mi hermanastra me miró con incredulidad.

–Le has dicho que te merecías un matrimonio basado en el amor y él ha estado de acuerdo contigo. Más bien parece que eres tú quien no lo quiere.

–¿Qué? –me llevé la mano a la frente. Estaba temblando de la cabeza a los pies–. Edward sabe que lo quiero. Tiene que saberlo.

–¿Se lo has dicho?

–No, yo... –me mordí el labio inferior. Se lo había dicho en Londres, antes de que él me rechazara–. Él no me quiere. Solo quería casarse conmigo por el bebé. Si me hubiera amado...

Me cubrí la boca con la mano.

Si Edward me hubiera amado, se habría dedicado a mí noche y día, esperando a que acabara mi trabajo, dejándome elegir los restaurantes, acompañándome al médico, dándome masajes en los pies, llevándome sandía y helado a casa a las tres de la mañana. Me habría dejado elegir la casa en la que viviríamos, y yo habría sido más importante que su carrera.

¿Qué clase de hombre haría todo eso por una mujer, a menos que la amara?

Y peor aún, ¿qué clase de mujer no se daría cuenta hasta que fuera demasiado tarde?

–Él te quiere –me dijo Madison detrás de mí–. Y tú lo has rechazado por un estúpido papel en una película –sacudió la cabeza–. Cuando te recomendé al productor creí que podía compensarte por lo de *Moxie Mc-Socksie*.

–¿Fuiste tú quien me recomendó?

–Sí –me miró con reproche–. ¡No sabía que usarías

la película como excusa para destrozarte la vida! Mírame, Diana. Estoy sola y con el corazón vacío. Si un
hombre me amara así, a pesar de todos mis defectos...
No lo dejaría marchar por nada del mundo.

–Me ha engañado.

–¿Estás segura?

La miré, sorprendida, y corrí a mi dormitorio. En el
bolso encontré una tarjeta. El corazón me latía desbocado mientras marcaba el número.

–¿Diga? –respondió una voz de mujer.

–Victoria, ¿qué estabas haciendo con Edward la otra
noche?

–¿Quién es? –hubo una pausa–. ¿Diana?

–¿Por qué estabas en su casa? ¿Por qué estabas en
California?

Victoria se echó a reír.

–Como si no lo supieras. Pero me alegra que hayas
llamado. Quería darte las gracias. Te he juzgado mal,
Diana. Eres una persona maravillosa. Rupert y yo nunca
lo olvidaremos...

–¿De qué estás hablando?

–De las acciones –hubo otra pausa–. ¿Es que no lo
sabes?

–¿Las acciones?

Volvió a reírse.

–Edward llevaba insinuándome desde hacía semanas que iba a vender sus acciones de St. Cyr Global.
Rupert tuvo que volver ayer a Londres, pero yo me
quedé aquí con los niños y anoche recibí una llamada
de Edward mientras estaba en la fiesta de una amiga.
¡Corrí a firmar el contrato antes de que cambiara de
opinión!

Aquello era lo último que me había esperado.

–Pero...

–Oh, querida, no me digas que me he ido de la lengua. Edward me dijo que lo hacía como regalo de boda. Una nueva vida y todo eso. ¿Dónde vais a casaros? Si me dices la dirección te mandaré algunas cosas. Te lo debemos. Te prometo que la empresa se queda en buenas manos. Y, Diana...

–¿Sí? –apenas podía hablar.

–¡Bienvenida a la familia!

Colgó y yo me quedé temblando y con el corazón encogido. Me costó un gran esfuerzo volver a la cocina.

–¿Y bien? –me preguntó Madison con impaciencia.

–Edward ha vendido todas sus acciones de la empresa. Era su gran secreto. Sabía lo desgraciada que me sentía en Londres y quería darme una sorpresa –tenía un nudo en la garganta–. Era un regalo de boda.

–Pero eso es estupendo, ¿no?

–Debería habérmelo contado.

Madison me rodeó con un brazo, como hacía cuando éramos niñas.

–No quería que te sintieras culpable.

¿Culpable? Edward había vendido su derecho de nacimiento por mí. Podría haberme manipulado a su antojo y reprochado que se había sacrificado por mí, y en vez de eso me había liberado aun siendo lo último que deseaba hacer. ¿Por qué?

La respuesta me sacudió con fuerza.

Porque me amaba.

–Me ama –susurré, y rompí a llorar.

Mi hermanastra me abrazó con fuerza.

–Todo saldrá bien –me aseguró, pero yo no estaba tan segura. Tan decidida había estado a proteger mi corazón que había salido huyendo a la primera amenaza. En vez de obligarlo a que me dijera la verdad sobre Victoria le había tirado el anillo a la cara. Creía que lo hacía por orgullo, pero no.

Era por miedo.

–¿Qué vas a hacer? –me preguntó Madison.

Levanté la mirada. El corazón me latía con fuerza. «Solo se vive una vez, cariño», me dijo mi madre antes de morir. «Y la vida pasa más rápido de lo que crees. Tienes que aprovecharla y ser valiente. Escucha a tu corazón».

–Voy a ser valiente –dije en voz baja pero firme–. Y a hacer lo que me dice el corazón.

El rostro se Madison se iluminó con una sonrisa.

–Confiaba en que dijeras eso –sacó las llaves del bolsillo–. Llévate mi coche. Es más rápido.

Capítulo 8

EL CIELO era azul y soleado, y el aire estaba impregnado con la fragancia de las rosas y las lilas. Me puse las gafas de sol y corrí hacia el descapotable de Madison. Había intentado llamar a Edward al móvil, pero no había obtenido respuesta, ni tampoco en la casa de Malibú. Era lógico; ¿por qué iba Edward a quedarse en California?

De repente, me asaltó una sospecha. Edward tenía una isla privada en el Caribe. El lugar idóneo para escapar de un desamor, sin teléfono ni Internet, sin otro modo de llegar hasta allí que su avión.

Luego de recogerme el pelo, me subí al coche y salí a toda velocidad hacia la costa. El viento me azotaba la piel y a los pocos segundos volvía a tener el pelo suelto y alborotado, pero pisé a fondo el acelerador. Tenía que alcanzarlo a tiempo. Antes de que su avión despegara. De lo contrario, pasaría mucho tiempo hasta que volviera a verlo.

Las luces traseras de los coches me obligaron a frenar en seco.

–Vamos, vamos –grité, pero el tráfico se había detenido. ¿Habría habido un accidente? ¿Estarían rodando una película? ¿Sería la visita de algún dignatario? ¿O era tan solo el destino, que me apartaba de Edward justo cuando me había dado cuenta de lo que perdería?

¿De qué servía tener un coche tan rápido si no se podía circular?

«Creía que podía hacerte feliz. Pero no puedo obligarte a casarte conmigo».

Todas las personas a las que Edward había querido lo habían abandonado. Su madre. Su padre. La mujer de España. Había aprendido a no confiar en nadie y que las palabras no significaban nada. Y a mí había intentado decirme que me amaba de una manera más real que las palabras.

¿Cómo había encontrado el coraje de ir a California y decirme que quería volver conmigo? ¿Cuánto le había costado intentar ganarse mi amor de nuevo?

Todo. Su corazón. Su orgullo. La empresa de su familia. Y aun así había dejado que tomara yo la decisión. Me amaba lo suficiente como para perderme.

El tráfico volvió a ponerse en marcha. El sol brillaba con fuerza, pero yo sentía frío y me castañeteaban los dientes al llegar al aeródromo privado donde Edward tenía su avión. Lo tenía allí desde hacía un mes y no lo había usado ni una vez, tan ocupado estaba cuidando de mí.

¿Habría llegado a tiempo?

Aparqué de cualquier manera en el pequeño aparcamiento y salí corriendo hacia el hangar sin preocuparme por cerrar la puerta del coche.

No había nadie, salvo un mecánico que estaba examinando el motor de una avioneta.

—¿Puedo ayudarla?

Oí un motor al otro lado del hangar, y a través de la puerta abierta vi un avión como el de Edward dirigiéndose hacia la pista.

—¿De quién es ese avión?

El mecánico se echó hacia atrás la gorra.

—No estoy autorizado a decirlo...

—Es de Edward St. Cyr, ¿verdad? ¿Se dirige al Caribe?

El hombre frunció el ceño.

—¿Cómo demonios lo...?

Pero yo ya no escuchaba. Eché a correr tan rápido como podía hacerlo una mujer embarazada y salí a la pista.

—¡Espera! —grité con todas mis fuerzas, agitando frenéticamente los brazos mientras perseguía el aparato—. ¡Edward, espera!

El ruido del motor y de las hélices se tragaba mis palabras y arremolinaba el aire a mi alrededor, empujándome hacia atrás y haciéndome toser. Sentí un dolor agudo en la barriga y me doblé por la cintura, justo cuando el mecánico llegaba junto a mí.

—¿Se ha vuelto loca?

—¡Edward!

—¡Salga de la pista inmediatamente! —el hombre debió de pensar que tenía una crisis nerviosa o algo por el estilo, y me llevó de vuelta al hangar. Exhausta y derrotada, no opuse resistencia.

Edward se había marchado. Lo había perdido para siempre por ser una cobarde y hacerle creer que nunca podría merecer mi amor.

Ahogué un sollozo y me cubrí la cara con las manos.

—Te quiero —susurré entrecortadamente, cayendo al suelo de cemento. Nunca me había atrevido a decírselo a la cara—. Te quiero, Edward...

—¿Diana?

No podía creerlo. Alcé la mirada y vi a Edward en la puerta del hangar. El sol de California arrancaba destellos de su pelo negro y dejaba su rostro en sombras. Se había cambiado el esmoquin por unos vaqueros y una camiseta y tenía las manos en los bolsillos. Tras él vi su avión, con las hélices aún en movimiento y el motor rugiendo.

¿Era un milagro? ¿Un sueño? Me froté los ojos, pero seguía estando allí.

–Has vuelto... –me levanté y a punto estuve de perder otra vez el equilibrio.

–Te he visto... –dijo él con voz jadeante–. Y...

–¡Has vuelto! –le eché los brazos a los hombros.

–Pues claro –me abrazó y me acarició la espalda, envolviéndome con su calor corporal y su colonia–. Estás llorando.

Le agarré la mano y me la pegué a la mejilla.

–Creía que te había perdido.

Lo sentí temblar y exhalar profundamente.

–Está bien, Diana. Puedes decirme la verdad. Si lo estás haciendo por el bien de nuestra hija...

–¡No!

–Necesito que seas feliz –desvió la mirada y dejó caer la mano–. Me convencí de que podía casarme contigo aunque no me amaras, que podía recuperarte y volver a ganarme tu confianza y hacer el amor contigo.

–Edward...

–Pero no puedo ser el hombre que apague tu luz interior. No puedo. No puedo condenarte a que seas mi mujer si no me quieres y si quieres a otro –bajó la voz hasta hacerla casi inaudible–. Te quiero demasiado para eso.

–Me quieres.

Soltó una risa ahogada.

–Y por primera vez en mi vida sé lo que significa –volvió a mirarme a los ojos–. Haría cualquier cosa por ti, Diana. Lo que fuera.

–Incluso venderle a tu primo tus acciones de la empresa.

–¿Cómo lo sabes?

–Llamé a Victoria.

–¿Por qué? ¿Cómo?

–Anoche la vi entrar en tu casa.

–¿La viste?

–Te comportabas de un modo muy extraño y volví para preguntarte qué te pasaba. Entonces la vi entrando en tu casa, con ese vestido tan sexy, y pensé que...

–¿Qué? –exclamó él, horrorizado–. ¿Pensaste que Victoria y yo...?

–Tenía tanto miedo de volver a sufrir... –susurré, avergonzada–. Y salí corriendo al encontrar la primera excusa. Lo siento.

Su expresión se ensombreció.

–No te culpo, después de cómo te traté en Londres –me acarició la mejilla–. No quería que te sintieras culpable ni obligada porque yo hubiera hecho una especie de sacrificio. Tenías razón. Odiaba mi trabajo. Odiaba al hombre en que me había convertido. Ahora soy libre –me sonrió–. Y no hay nada que me impida ir contigo a Rumanía, porque estoy sin empleo.

Puse mis manos sobre las suyas.

–No quiero ir.

–¿Cómo que no?

–Creía que ser actriz era el sueño de mi vida. Pero mi corazón quería algo completamente distinto.

Él me apretó contra su pecho y me acarició la cara, el pelo y la espalda.

–¿El qué?

Pensé en mi madre y en su vida. Hannah Maywood Lowe nunca había sido famosa, y la gente que no la conocía la habría visto como una mujer normal y corriente. Pero tenía un talento especial: el don de amar a las personas. Toda su vida la había dedicado a cuidar a sus amigos, su hogar, su gente y, sobre todo, a su familia.

–Tú eres mi sueño –le confesé–. Tú y nuestra hija. Quiero irme a casa contigo. Quiero estar contigo y formar una familia –lo miré a los ojos–. Te quiero, Edward.

Él soltó un débil gemido.

–¿De verdad?

–Solo me queda una cosa que preguntarte –sonreí a través de las lágrimas y respiré hondamente–. ¿Quieres casarte conmigo?

Edward se tambaleó, soltó una exclamación y me tomó entre sus brazos con una expresión de puro entusiasmo, como el niño que una vez fue y el hombre que yo siempre había sabido que podría ser.

–Te quiero, Diana Maywood, y te querré el resto de mi vida.

Me besó hasta dejarme sin aliento, jadeando de deseo y alegría.

–Eh, perdonen –oí la voz del mecánico al otro lado del hangar–, saben que sigo aquí, ¿verdad?

Nos casamos dos semanas después, en el jardín de mi madre. Todos nuestros seres queridos estaban allí, la señora MacWhirter y el resto de nuestros amigos y familiares cercanos. La boda no fue nada fastuosa, solo una tarta, un vestido sencillo y un párroco. Tampoco hubo diamantes de veinte quilates. Tenía miedo de sacarme un ojo con aquel pedrusco.

Un músico amigo mío tocaba la guitarra, y otro amigo fotógrafo se encargaba de inmortalizar el evento. Madison fue mi dama de honor y Howard me acompañó hasta el improvisado altar. Llevando un ramo de las flores favoritas de mi madre, en su jardín florido aquella hermosa mañana de California, sentí que también ella estaba presente.

Fue todo perfecto. Rupert y Victoria nos enviaron sus felicitaciones y una batidora como regalo de boda. Acabada la ceremonia, siendo ya marido y mujer, celebramos un banquete al aire libre. Howard y Madison

lloraban de emoción mientras nos arrojaban pétalos de
rosa cuando corrimos hacia el coche de época para empezar nuestra luna de miel. Pasamos dos noches inolvi-
dables en el Hermitage de Las Vegas, pero apenas salimos de la suite porque nos pasamos casi todo el tiempo
descubriendo los placeres del sexo matrimonial. No había nada comparable a poseer el cuerpo, el corazón y el
nombre del ser amado... y que él poseyera los tuyos.

—Es una lástima que tenga que acabar —me lamenté
al abandonar Las Vegas.

—¿Quién dice que tenga que acabar? —preguntó él.

—¿Qué quieres decir?

—Ninguno de los dos tiene ahora trabajo —arqueó una
ceja—. Podemos ir donde tú quieras. A Río de Janeiro,
Tokio, Venecia, Estambul. Al fin y al cabo, tenemos un
avión privado.

Solo había un sitio al que quería ir.

—Llévame a casa.

—¿A casa?

—Donde empezó todo.

Hannah Maywood St. Cyr nació unas semanas después en Cornwall, en un moderno hospital cerca de
Penryth Hall. Le pusimos el nombre de mi madre y era
la niña más hermosa del mundo, con el pelo oscuro y
los ojos azules como su padre.

En invierno volvimos a California y compramos la
casa de Malibú como residencia de vacaciones. Pero
ahora que llevamos un año casados se nos empieza a
quedar pequeña.

Vuelve a ser verano y Hannah empieza a dar sus primeros pasos. El paisaje de Cornwall es precioso, con
cielos radiantes y campos en flor. He montado una pequeña compañía de teatro en un pueblo, solo para di-
vertirme con los amigos, pero la mayor parte del tiempo
la he empleado en reformar Penryth Hall.

Hace unos meses, Edward montó una pequeña fábrica en Truro de material deportivo para actividades de riesgo. Es un negocio modesto, pero crece rápidamente y a él le encanta. Llevamos una vida sencilla y sin lujos. Hemos vendido el avión y la casa de Londres, y con el dinero de las acciones creamos una fundación para ayudar a niños necesitados por todo el mundo. Creo que mi madre estaría orgullosa.

Madison recibió un premio por la película que rodó en Mongolia y encontró el amor verdadero con un hombre ajeno al mundo del cine... un bombero guapísimo, muy divertido y que sabe cocinar. Es una tía maravillosa para Hannah y yo nunca la he visto tan feliz, a pesar de los inconvenientes de ser una estrella.

Inconvenientes por los que yo nunca tendré que preocuparme, ya que mi agente me mandó a paseo cuando le dije que no iba a hacer la película. También Jason se llevó un gran disgusto, pero no tardó en reemplazarme por una exuberante rubia.

Nuestra pequeña familia está sentada sobre una manta en el jardín. Hannah juega a mi lado, Caesar olisquea la hierba en busca de su hueso. A lo lejos el sol brilla sobre el Atlántico, que se extiende hacia el oeste, hacia el nuevo mundo, hasta donde la vista alcanza.

Nuestro nuevo mundo no tiene límites.

Miro detrás de mí, el castillo de piedra gris que me sobrecogió la primera vez que lo vi y que ahora se ha convertido en mi amado hogar. El lugar donde mi cuerpo y mi alma prenden en llamas de pasión y felicidad.

El lugar donde nació nuestra familia.

–Te quiero, Diana –me susurró Edward al oído, abrazándome por detrás y colocando sus fuertes manos sobre mi abultada barriga. Sí, vuelvo a estar embarazada. Y esta vez es un niño.

La vida es más complicada que en las películas, desde luego, pero también es más maravillosa que cualquier sueño o fantasía.

Finalmente he encontrado mi sitio.

La señora Warreldy-Gribbley nunca escribió un manual que explicara cómo enamorarse, cómo criar un hijo o descubrir lo que realmente se quería en la vida. Porque no había libros de ayuda para esas cosas. No había instrucciones detalladas ni éxito garantizado. Cada uno de nosotros puede tomar cientos de decisiones cada día, sean trascendentales o inconscientes.

A veces tenemos buena suerte, otras no. A veces somos valientes, y a veces, cuando menos lo esperamos, recibimos más amor del que merecemos.

Yo no necesitaba ser una estrella de cine. No necesitaba ser rica ni famosa. Solo necesitaba ser amada y tener el valor de amar con todo mi corazón.

«La gente cambia», me había dicho Howard. «A veces para mejor».

Tenía razón. La vida real puede ser mejor que los sueños. Y eso es lo que me está pasando con Edward.

Bianca.

Cuando los opuestos se atraen...

Damaso Pires no debería haber mantenido una relación con Marisa, la escandalosa princesa de Bengaria, pero pronto descubrió que, además de su extraordinaria belleza, su bondad tocaba algo en él que había creído destruido por su infancia en las calles de Brasil.

Pero su breve aventura iba a convertirse en algo serio cuando Marisa le reveló que estaba embarazada.

Damaso sabía lo que suponía ser hijo ilegítimo y, después de haber luchado con uñas y dientes para llegar a la cima del mundo financiero, no pensaba renunciar a ese hijo. Solo había una manera de reclamar a su heredero y era el matrimonio.

HARLEQUIN Bianca.

Annie West
Me enamoré de una princesa

Me enamoré de
una princesa

Annie West

Acepte 2 de nuestras mejores novelas de amor GRATIS

¡Y reciba un regalo sorpresa!

Oferta especial de tiempo limitado

Rellene el cupón y envíelo a

Harlequin Reader Service®
3010 Walden Ave.
P.O. Box 1867
Buffalo, N.Y. 14240-1867

¡Sí! Por favor, envíenme 2 novelas de amor de Harlequin (1 Bianca® y 1 Deseo®) gratis, más el regalo sorpresa. Luego remítanme 4 novelas nuevas todos los meses, las cuales recibiré mucho antes de que aparezcan en librerías, y factúrenme al bajo precio de $3,24 cada una, más $0,25 por envío e impuesto de ventas, si corresponde*. Este es el precio total, y es un ahorro de casi el 20% sobre el precio de portada. !Una oferta excelente! Entiendo que el hecho de aceptar estos libros y el regalo no me obliga en forma alguna a la compra de libros adicionales. Y también que puedo devolver cualquier envío y cancelar en cualquier momento. Aún si decido no comprar ningún otro libro de Harlequin, los 2 libros gratis y el regalo sorpresa son míos para siempre.

416 LBN DU7N

Nombre y apellido	(Por favor, letra de molde)

Dirección	Apartamento No.

Ciudad	Estado	Zona postal

Esta oferta se limita a un pedido por hogar y no está disponible para los subscriptores actuales de Deseo® y Bianca®.
*Los términos y precios quedan sujetos a cambios sin aviso previo.
Impuestos de ventas aplican en N.Y.

Deseo

SEDUCCIÓN TOTAL

ANNE MARIE WINSTON

La última vez que la había visto, habían acabado en la cama. Dos años después, el soldado Wade Donelly tenía intención de repetir la experiencia de aquella maravillosa noche. Entonces Phoebe Merriman era una muchacha inocente, pero la intensidad de su deseo le había sorprendido. Con solo volver a mirarla a los ojos, Wade supo que ese deseo seguía vivo. El importante secreto que quería compartir con él tendría que esperar a que llegara la mañana. Ya había aguardado demasiado para volver a tenerla en sus brazos. Y ya no esperaría más.

*Solo fue necesaria una noche
para cambiar su vida para siempre*

Bianca

¿Hasta dónde sería capaz de llegar para conseguir a aquella mujer?

Tilda lamentaba haber tenido aquel breve romance con Rashad, príncipe de la corona de Bakhar. Su familia estaba en deuda con él y Rashad estaba haciéndole chantaje para que se convirtiera en su concubina.

Tilda no tardó en estar cautiva en el lejano reino del jeque… esperando a que él la tomara. Pero entonces Rashad anunció públicamente que Tilda estaba con él, por lo que, según las leyes de Bakhar, estaban unidos para siempre… como marido y mujer.

Cautiva del jeque

Lynne Graham

[5]